新拉丁美洲文学丛书

El Astillero

Juan Carlos Onetti

"圣玛利亚"系列之二

造船厂

[乌拉圭] 胡安·卡洛斯·奥内蒂 | 著

侯健 | 译

作家出版社

新拉丁美洲文学丛书
编委会名单

（按姓氏笔画为序）

新拉丁美洲文学丛书
出版说明

　　20世纪80年代末，云南人民出版社与中国西班牙葡萄牙拉丁美洲文学研究会合作翻译出版"拉丁美洲文学丛书"（简称"丛书"），十几年间出版50余种，为拉美文学在华传播做出了不可磨灭的贡献。数十年过去，时移世易，但当年丛书出版说明的开篇句"拉丁美洲是一个举世公认的充满创造活力的大陆"，并未过时，反而不断被印证。博尔赫斯、加西亚·马尔克斯和其他"文学爆炸"代表作家的作品陆续被译为中文，"魔幻现实主义"对寻根文学及先锋小说的影响仍是相关研究者所乐道的话题。拉美文学的译介和接受不仅成为新时期中国文学研究中不可忽视的部分，时至今日仍为新一代的中国读者提供"去西方中心"的文学视野与镜鉴。

　　作家出版社与中国外国文学学会西班牙葡萄牙语文学研究分会合作，决定从2024年起翻译出版"新拉丁美洲文学丛书"（简称"新丛书"），感念前贤筚路蓝缕之功，继续秉持"全部从西班牙及葡萄牙文原文译出"的原则，以促进世界文化交流、繁荣中国文学建设为指归。新丛书旨在：（一）让当年丛书中多年未再版而确有再版价值的书目重现坊间；（二）译介丛书中已收录的作家成名作之外的其他代表性作品，展现经典作家更整全的面貌；（三）译介拉丁美洲西葡语文学在中文世界的遗珠之作。新丛书主要收录经典作家作品，此外另设子系列"新拉丁美洲文学丛书·当代"，顾名思义，收录具代表性、富影响力的当代拉美作家作品。

序

作为乌拉圭驻中华人民共和国大使，我很荣幸能参与到胡安·卡洛斯·奥内蒂的作品在中国的发布工作中来。胡安·卡洛斯·奥内蒂是乌拉圭的伟大作家，他的文学作品滋养了全世界无数西班牙语读者的想象力。

胡安·卡洛斯·奥内蒂是现代小说和存在主义文学的先驱，是乌拉圭"四五一代"的代表作家。正如罗德里戈·弗莱桑所言："我认为，可能从潜意识的角度来看，奥内蒂就像一张取得巨大成功的唱片封面上显得怪异的烫金字，不会吸引那些简单的头脑，因为奥内蒂的所有作品都是关于失败的史诗，而人们想要的却总是高奏凯歌。"总而言之，阅读奥内蒂的作品是种享受，但也是一场邀约，它邀请我们挑战自己，拓展文学之乐的边界，了解这样一种文学：它不寻求以简单化来吸引众多读者，而是展现一个忠于自我、独一无二、难以进入但又精雕细琢的世界。

在奥内蒂丰富的文学作品中，《短暂的生命》《造船厂》

和《收尸人》组成了三部曲，也就是伟大的"圣玛利亚系列"。这三部小说是他的成熟之作，使他的文学创作生涯达到了顶峰，读者可以在其中看到这位如此独一无二的作家笔下的各种典型的文学元素。尽管"圣玛利亚"并不存在，可乌拉圭人和阿根廷人都感觉它是属于自己的土地。奥内蒂是地道的乌拉圭作家，但作为西班牙语文学巨匠，他又是属于全世界的作家。

　　我们感谢作家出版社将这三部作品翻译成中文，让中国读者有了阅读它们的机会，它们将为中国读者打开圣玛利亚这一美妙而神奇的文学世界的大门。

胡安·费尔南多·卢格里斯·罗德里格斯
乌拉圭东岸共和国驻中华人民共和国大使

献给路易斯·巴特勒·贝雷斯

一

圣玛利亚之一

早在五年前，当执政官决定把拉尔森（或者叫"收尸人"）驱逐出省之时，就有人半开玩笑半信口胡说地预言说他会回来，延续那百日王朝[1]，那是我们这座城镇历史上饱受热议又激动人心的篇章，尽管如今已经几乎为人忘却了。当时很少有人听到那句戏言，可以肯定的是当时因溃败而颓表、被警察押解出域的拉尔森很快就忘掉了它，他当时放弃了回到我们身边的任何希望。

不管怎么说，在那件轶事尘埃落定五年之后，拉尔森在一天早晨从自科隆城开来的公共汽车上走了下来，把手提箱在地上放了会儿，把丝绸衬衫的袖子往指关节的方向拉了拉，在雨停后不久开始慢慢悠悠、摇摇晃晃地走进圣玛利亚。他

---

1 指拉尔森经营区妓院持续百日，详见《收尸人》。——译注（本书所有注释均为译注）

似乎变得更胖更矮了，长相已经有些难以辨认了，神情十分温顺。

他在贝尔纳店里的吧台上喝了杯开胃酒，平静地追视着老板的眼睛，直到后者默默认出他来为止。他独自一人在那里吃了午饭，周围都是穿格子衬衫的卡车司机。（他们此时正在跟铁路抢往罗萨里奥港和北部河岸边的村子运货的生意。他们似乎没有过去，生来就是这副样子，就像是和几个月前刚通行的碎石路一同降生似的，二十岁上下的年纪，粗壮结实，说话时扯着大嗓门。）他后来换坐到了靠近店门和窗户的桌子上，喝咖啡时往里面加一点白兰地。

自称在那个晚秋的中午见过他的人为数不少。有些人坚持说他带着王者归来的架势，试图用几近讽刺漫画般夸张的方式重现五年前那些懒懒散散、玩世不恭、随随便便的言谈举止。有些人提醒说他渴望被人发现并认出，两根手指蠢蠢欲动，随时准备抬高搭上帽檐，以此回应每次问候、每种因与他重逢而引发的惊讶目光。还有些人则不同，他们依然觉得他冷漠又无礼，胳膊肘撑在桌子上，香烟叼在嘴巴里，对着阿尔蒂加斯大道上弥漫的潮湿空气，看着每一个进来的人，在心里掂量着那些人身上诚实与虚伪的比重。他用同样一种简单而短暂的笑容和嘴部下意识的收缩动作把那一张张面孔记在心里。

他付了午饭的钱，像以前一样留下了许多小费，又重新住进了贝尔纳的饭店楼上的房间，午休过后，一个更加真实、因为把手提箱留在了房间里而显得没那么引人注意的拉尔森开始在圣玛利亚城里游逛。他步伐沉重，咚咚地走着，没有留心去听什么声音，他像个不修边幅的外乡人那样在人前经过，走过一个又一个店铺的店门和玻璃橱窗。他沿着广场四边走了一圈，又沿着广场的对角线走了一遍，就像是正在解如何能从 A 点到 B 点，并且需要不重复地走遍所有路径的难题。他在教堂刚刚刷黑的铁栅栏前走来走去。又走进药店，药店老板依然是巴尔特——行动越发迟缓，特点更加鲜明，为人更加警惕了——他只是想逛逛，买点香皂和牙膏，就像意外看到了朋友照片那样看着店里的告示："十七点前，药剂师不在。"

他紧接着又开始在周围逛了起来，他慢慢向下走了三四个街区，这几个街区通向河岸边的路和通往移民区的路的会合点，他走的这条路坑洼得很，越走身体晃动得越厉害，路的尽头是座带天蓝色阳台的小楼房，如今被牙医莫伦特斯租了下来。再晚些时候，有人看到拉尔森在雷东多的磨坊附近出现，一双脚深陷在湿草中，正倚在一棵树上抽烟。后来他又用双手敲打曼等罗的农场大门，买了点面包和一杯牛奶，他并没有直接回答那些询问他住处的问题（"他看上去有些悲伤、苍老了，似乎想找事打架。他干啥都先把钱亮出来，就好像我们怕他不付钱就走人似的"）。他可能还在移民区转悠了几个小时，在下午七点半的时候又在广场上酒吧里的吧台前再次现身了，他当年住在圣玛利亚的时候从没去过那家店。他一直在那家酒吧里重演中午时分在贝尔纳的饭店里已经上演过的咄咄逼人又热切渴望的滑稽剧，直到夜深。

他和善地同*酒吧侍者*[1]——手里拿着个小酒杯，不断影射那个已经被埋藏五年的话题——讨论鸡尾酒配方、冰块大小和搅拌勺长短的问题。也许他是在等马科斯和他的朋友们。他看见了迪亚斯·格雷医生，但是不想和他打招呼。他付了钱，把小费推到吧台上，慢慢自信而笨拙地从高脚凳上滑下来，又慢慢沿着亚麻油地毡向外走去，他按照早就盘算好的节拍摇晃着矮胖的身子走了起来，确信他回归的事实虽说早已不是什么新鲜事，却会随着他的脚步声散播到空气中，传到其他人的耳朵里，就这么粗暴又简单。

他离开酒吧，可以确定的是他穿过了广场，到贝尔纳楼上的房间睡觉去了。但是城里没有任何一位居民记得自己曾在接下来的半个月里见过他的踪影。直到十五天后的那个周日，所有人都看到他出现在了教堂外的小路上，当时十一点钟的弥撒刚结束，他看上去精明狡诈、年老体衰、满身尘土，手里拿着的一小束紫罗兰贴在心脏的位置上。我们看到赫雷米亚斯·佩特鲁斯的女儿——独女、痴傻、单身——拉着她那暴躁驼背的父亲从拉尔森的面前走过，几乎冲着紫罗兰笑出声来，她惊恐又惶惑地眨了眨眼睛，冲着地面弯了弯腰，向前迈出一步后，嘟了嘟嘴，眼神慌乱不安，还有些斜眼儿。

1　原文为英文。

二

造船厂之一

　　那当然只是个巧合，因为拉尔森不可能知道那件事。在圣玛利亚所有的居民中，只有送报工巴斯克斯有可能在拉尔森被流放的这五年里给他通风报信。但巴斯克斯会不会写字还有待查证，哪怕会写，衰败的造船厂、赫雷米亚斯·佩特鲁斯的大起大落、他那带大理石雕像的大房子和那位痴呆姑娘都不可能是弗洛伊兰·巴斯克斯信件可能的主题。如果说不是巧合，那就只能是命运使然了。命运调动起了拉尔森的嗅觉和直觉，把他带回圣玛利亚，来完成那单纯的复仇使命，让他的身影重新出现在这座被他仇恨的城镇的大街小巷和营业场所中。他被指引来到了那座带大理石雕像的房子处，那里四处漏雨、杂草丛生，他还被指引来到了造船厂里那些乱团一气的电缆面前。

　　就像人们知道的那样，在回归两天之后，拉尔森一大早就离开了住处，慢慢沿着荒无人烟的街道行走——步伐虽缓，脚步却重，这样才好让大家认出他来。他肥肥胖胖，摇摇晃晃，趾高气扬，却又表现出一副宽厚热情、施恩不图报的神情——一直走到渔民劳作的码头处。他把报纸铺平，好坐在上面，他盯着雾气浓密的河对岸，恩杜罗罐头厂的空地上的一辆辆运货卡车，正在劳作的船只和雷莫俱乐部那排成长列、小巧轻便、让人难以理解地在急切行驶的小艇。他就那样坐在码头潮湿的石头上吃了午饭，吃的是炸鱼、面包和葡萄酒，是几个光着脚的小伙子坚持要卖给他的，这时节了，他们身上还穿着夏天的破烂短衫。他看到了一艘小船靠岸卸货，又漫不经心地看了看一群从他面前经过的人的脸。他打了个哈欠，取下黑色领带上的一根带珍珠的卡子剔牙。他想到了一些人的死亡，这使满满的回忆又涌上心头，还有那些轻蔑笑容、闲言碎语、想要改变他人命运的企图，总体来看，这些东西都有些模糊，都已是往事了。到将近下午两点钟的时候，他站了起来，两根蘸着唾液的手指沿着裤子上的条纹游走，他拿起前一天晚上在布宜诺斯艾利斯出版的报纸，慢慢混到了那些走下石阶准备登上即将溯流而上的白色带篷小船的人群之中。

旅途中，他再次阅读那天早上已经在房间床上读过的报纸消息，他跷起二郎腿，并不在意小船摇晃得厉害。他的帽子压住了一边的眉毛，头抬得高高的，显得傲慢又无知，他装出努力读报的样子，希望避免被人留意到、认出来。他跟在一个老胖女人的身后，在人们唤作造船厂港的地方下了船，那个女人背着个筐子，里面睡着个小女孩。他故作镇定，就好像他是随便挑了个地方下船似的。

他毫不犹豫地攀上湿润的土地，旁边是些灰色泛绿的宽大木板，木板之间已经长出了杂草。他看了眼两台生锈了的起重机，一栋灰色的立方体建筑，它在这片草地上显得有些突兀，楼房上有几个破破烂烂的大字，就像是个失了音的巨人，只能发出窸窸低语声："赫雷米亚斯·佩特鲁斯公司。"尽管是白天，有两个房间里还亮着灯。他继续在稀疏的几间房屋、长着藤蔓植物的电缆线圈和小狗的吠叫声中穿行，女人们放下了锄头，中断了在洗衣桶里反复搓洗的动作，偷偷望着他，似乎在期待着什么。

这里的街道不是土路就是泥路，没有汽车来往的痕迹，新立起来的路灯的影子把它们一块块地切割开来。那栋让人捉摸不透的水泥楼房就立在后方，船台上空空如也，既没有船，也没有工人，那几台铁起重机已经过于老旧了，似乎只要有人想启动它们，它们就会嘎吱作响、彻底散架。乌云遮蔽天空，空气凝滞了起来，好像预示着什么。

"真是个肮脏的村子。"拉尔森吐了口痰。后来他笑了一下，站在那组成一个角落的四条狭长土地之间，肥胖、矮小，漫无目的，独自对抗他在圣玛利亚生活过的日子，对抗自己的回归，对抗低密的云层，对抗厄运，被它们压弯了腰。

他向左拐了个弯，走过两个街区，来到了贝尔格拉诺区，这里有酒吧、饭店，也有酒店和百货店。也就是说，他走进了一个商场，这儿的玻璃橱窗里摆放着麻鞋、瓶子和犁刀，门上面有霓虹灯招牌，地面一半是土路，一半铺了发红的细砖，拉尔森很快就自己给那儿起了个名字，叫"贝尔格拉诺之家"。他坐在一张桌子边，随便点了点东西，这里不卖烟，他就要了杯加苏打水的茴香酒。临时栖身的地方有了，现在就只剩下等雨下下来了，然后就是忍受听雨和看雨的事儿了——透过这面按环形贴着字的玻璃去听、去看，那些字是用灭蝇粉末贴成的，内容则是在赞美一种治疗疥疮的药——雨会持续滴打在看上去期待雨润的泥土上和锌皮屋顶上。再然后，一切就该结束了，内心的信仰不再，彻底接受犹豫怀疑和垂垂老矣的现状。

他又要了杯加苏打水的茴香酒，小心翼翼地把两杯酒兑到一起，心里想着那些已经死去的年月，想着这杯正宗的*茴香酒*[1]。门被打开，女人几乎小跑着进来、蹿到吧台前的时候，他立刻就把这个穿着靴子、神情激动地和老板说着什么的高个子女人与之前听到的马蹄声联系到了一起。这个女人身边还跟着另一个古铜色皮肤的胖女人，她显得十分温顺，几乎无力抵挡刚起的大风，但她还是慢慢关上了门，然后耐心、顺从、听话地站到了前一个女人身后。

拉尔森立刻就明白有些还不确切的事情可以去做。他真正惦记的只是那个穿靴子的女人，不过得靠那第二个女人才能成事，她得成为他的同谋，容许他做那些事情。这后一个女人，那个女仆——离前一个女人一步远，粗壮的短腿分开站立，两只手交叉放在腹部，头上裹着条深色帕巾，除了

1　原文为英文。

冷冰冰的微笑外再无其他表情，连那笑容也是刻意挤出来的——不会对拉尔森做那令人厌恶的事情构成威胁：她属于那种被刻板印象定格在脑海中的女人，她们这种人无足轻重，可以被轻易归类，就像是机器做出来的东西，又像是只动物，至于她是单纯还是复杂，是猫还是狗，那就得走着瞧了。他仔细观察了另一个女人，她还在大笑，反复用马鞭抽打柜台上嵌着铁皮的边缘位置：她高个儿，金发，有时看上去三十几岁，有时又像是四十几岁。

她明亮的眼睛里还透着些许残存的童稚气，她眯着那双眼睛看了看——射出愤怒、挑衅的目光，但立刻就收了回去——自己平坦的胸部、男士衬衫和脖子上的小丝绒花结。她又继续眯着眼看了看自己修长的双腿、男生一样瘦小的胯部，套在外面的马裤显得十分肥大。她的上排牙齿大而外突，笑起来显得十分爽朗，然后露出惊讶而专注的神情，似乎是想收回笑声，又像是看到笑声飘离了她那过分洁白闪亮的肉体，渐渐飘远，在一秒钟后融化在了吧台上、老板的肩膀上、架子上酒瓶间的蜘蛛网上，既没有留下痕迹，也没有留下回声。她的一头金色长发向后梳去，被另一条黑色丝绒发带束在了后颈处。

"得去开个玩笑。"拉尔森激动地思忖道。他晃动一根手指，示意服务生再来一杯茴香酒，他面带微笑，发现轻柔的雨水滴落在房顶和街道上，像是陪伴者，像是交谈者，又像是观察者。

那个女人的长发颜色昏暗，发尖缠在一起，颜色更暗，垂在衬衫上。那金属般坚硬的头发形状似百合，似闩锁，从里面露出的是张苍白的面孔，上面新长了不少皱纹，经受过岁月的磨损，虽说化了妆，还是能看出过去时光留下的印迹。她发出刺耳的笑声，却又不是因什么具体的事物而笑，那种笑声不可避免地让人联想到打嗝、咳嗽和打喷嚏的声音。

店里其他桌子上再没有别的客人了。那里两个女人出门时肯定会经过他的身边，也肯定会看到他。不过要把握好时机，要换个样子迎接她们的目光。拉尔森整理了一下领带，把衣兜里的丝绸手帕往外抽了抽，慢慢走到吧台。他用左肩挡住了那个女人，然后冲着老板露出了礼貌的笑容。

"我不是来抱怨茴香酒的，"他的声音低沉而响亮，"我知道在这种时候……但是您这儿没有更好的牌子吗？"老板先是回复说没有，又鼓足勇气说了个牌子。拉尔森有点失落地摇了摇头。他发觉那个女人在他身边一声没吭，但是女仆在更远点的地方说"好了，咱们该走了，天晚了，雨要来了"，声音似远又近。老板又徒劳地报了些洋牌子，声音冷漠，就像是在讲课，他也是个没有信仰的人。

"好吧，先生，不要紧。请让我看看标签。"

他倚靠在吧台上，一直面带笑容，显得有些不好意思，他慢慢读着酒柜上摆的瓶子上的标签文字。那个女人又笑了，他不想看她，但有种东西在催促他，雨水的声音反复在说报仇的事和他的那些为人称道的才能，也一直在怂恿他完成最后一击，赋予已然逝去的这几年时光以某种意义。

"不过我确定，小姐，一切问题都会解决的，只不过会稍微耽搁点儿时间罢了。"老板说道。

她又笑了，她先是缩了缩身子，直到笑声爆发出来，又被慵懒、严肃、坚毅的雨水修改、吞噬。

"请等一下，你是怕被淋湿吧。"女仆说了一句，没有转身。她不知道该看谁，两只眼睛看看这边又看看那边，最后停在老板头顶两厘米的地方。"他说一切问题都会解决。他花了钱，办了事，出了主意，搞了计划。政府换了一届又一届，所有人都说好，都说他说得在理。但是换完届，问题还是没解决，"她又笑了，一直等着笑声从她突出的大牙之间渗了出来，她的眼神中透着抱歉和哀怨的意味，眼珠子转来转去，"从我还是个小姑娘起就是这样。现在看上去是有谱了，就是几个礼拜的事情了。我倒不是为了自己，不过我每天早晨都和她一起去教堂，去祈祷问题能在他变得太老之前得到解决。不然可就太让人难过了。"

"不会的，不会的，"老板说道，"肯定能有结果，而且很快。"拉尔森的胳膊肘撑在吧台上，吃惊又善意地看着女仆，笑了，他一直保持着笑容，直到她摇晃了几下，眨了眨眼，嘴巴张开。她往前走了一步，没有看他，而是拉了拉另一个女人的衣服。

"咱们该走了，要下雨了，天也晚了。"她说道。

于是拉尔森迅速又有礼貌地拿起放在吧台上的马鞭，把它捧给了那个长头发、穿靴子、发出笑声的女人，他没说话，也没看她。他一直等着两人离开，他透过玻璃橱窗泛着黄色、显得有些悲伤的玻璃看着她们骑到马上，然后继续和老板毫无结果地谈论茴香酒的事。他请人们喝酒，没提任何问题，在回答别人向他提的问题时撒了不少谎。

天慢慢黑了，当他动身前去搭乘最后一班驶往圣玛利亚的小船时，细雨差不多也要停了。他走得很慢，任由树上滴下的水珠打湿他的身体，就这样一直走到阴暗而孤寂的码头。他不想制订什么计划，也不想承认什么。他出神地想着那个穿骑手服的女人，想着她是那么冲动，那么惹人讨厌。

三

凉亭之一

就像人门传的那样，两周之后，他在弥撒结束后出现在了教堂门前，略带羞涩地把捧在胸前的头批紫罗兰献了出去。那是一个周日的中午，他让自己毫无防备地暴露在尴尬处境中，他表现得僵硬而平静，肥胖的身子裹在刚好合身的深色外套里，孤身一人，面无表情，像个雕塑一样让自己暴露在户外，暴露给鸟儿们、众人的目光和人们再也不会当着他的面重复的轻蔑话语。那事发生在六月，正值圣胡安节，当时佩特鲁斯的女儿安赫莉卡·伊内斯正在圣玛利亚靠近移民区的几个亲戚家里暂住。

再后来——他回到了造船厂港，在"贝尔格拉诺之家"尽头处的一间脏乱的房间里住了下来——他来到一扇铁门前，门上赫然挂着一个"赫"字和一个"佩"字。他踏上了佩特鲁斯在十四根水泥柱上建的宅子所带的花园，花园里此时已杂草丛生，那宅子依河而建，就建在造船厂旁边。一连好几个模糊难辨、值得纪念、习以为常的夜晚，他都和那个女仆会面密谈。她三十岁，被佩特鲁斯已故的妻子抚养长大，正把自己的生命耗费在一场关于崇拜、友爱、掌控和复仇的游戏中，在这场游戏里，"小姑娘"和她的愚蠢言行既是游戏内容，又是游戏的魅力所在，同时还是另一位游戏玩家。拉尔森获得了一系列见面机会，每次流程都几乎一模一样，甚至可以被记成对同一场失败演出的令人厌烦的重复。那些约会的乐趣平均分布在双方的差异、变得干燥的冬季里的光亮、安赫莉卡·伊内斯·佩特鲁斯那一件件柔软却不甚合身的白色长衫和拉尔森那戏剧性的缓慢动作中，他抓着帽子，把它从头上抓起几秒钟，让它与头皮保持几厘米的距离，脸上则露出迷人、纯朴但虚假的笑容。

再后来，第一次真正的约会到来了，那次会面是在花园里进行的，拉尔森在不知不觉中被毫无缘由地羞辱了，其中隐含着未来羞辱和最终失败的征兆，那是道危险的光芒，一次通向弃权的邀约，只不过他当时无力解读这一切。他偷偷窥探，没能发现当下面临的问题有什么新鲜之处，他隐藏住半边笑脸，偷偷啃咬指甲。年纪已大或过度自信让他觉得自己见多识广，绝不会出什么问题。

老佩特鲁斯当时在布宜诺斯艾利斯，正和他的律师炮制维权材料，或者在寻找证据证明他是改革先锋，他对祖国的伟大事业怀抱信念，又或者是在畏畏缩缩、引人同情又义愤填膺地在不同的部长及银行经理的办公室间奔走。女仆何塞菲娜说在被拉尔森围追堵截了两晚之后终于点头同意了。在这之前，拉尔森出人意料地在她肩膀上披上了一条丝质帕巾，再加上连绵不断的哀求、爱情宣言和苦恼宣泄，对象不仅限于安赫莉卡·伊内斯·佩特鲁斯，也包括——范围宽广而模糊——地球上的所有女人，尤其暗示到了她，女仆何塞菲娜。

因此在那个下午，五点钟的时候，拉尔森穿过那条种着蓝桉树的街道，他步伐缓慢，一袭黑衣，熨烫妥帖，干净体面，用一根手指拎着捆甜点，小心翼翼地不让油光锃亮的鞋子踩在最近一场雨下过后留下的水坑里，一肚子诡计花招，满脑子贪婪算盘，自信但不外露。

"像钟表一样准时。"何塞菲娜站在大门口，略带嘲讽和苦涩地说道。她戴了条满是鲜花图案的新围裙，上面满是淀粉屑。

拉尔森碰了下帽檐，把甜点托给了她。

"我带了点小玩意儿。"他带着歉意，谦逊地说道。

她没像"收尸人"预想的那样伸出一根手指拉着捆绑甜点的天蓝色捆绳，而是直直地抓了过去，把它像一本书那样贴放在大腿上。她从上到下打量着这个男人，从动人的笑容到完好无损的漆皮鞋尖。

"要是没答应这事儿就好了，"她说道，"不过她现在已经在等您了。可别忘了我跟您嘱咐的，喝喝茶就走，要对她尊重些。"

"当然了，亲爱的，"拉尔森点了点头，他观察了一下她的眼神，脸色变得严肃了起来，"按照您说的来。要是您不想我进去的话，我现在就从大门返回去。全听您的，亲爱的。"

她又看了他一眼，现在看的是他的那对平和的小眼睛，他毫不费力地露出了体面而顺从的眼神。她耸了耸肩，开始沿着花园往里走。拉尔森把帽子抓在手里，盯着她的胯部，观察着她坚定的步子，有些不自信地跟在她身后，还不敢相信她真的同意他进门了。

杂草至少已经肆意生长了一整年的时间，树皮上有许多白色和绿色的斑块，潮潮的，没有光泽。在花园中央——此时此刻，继续听到那个女人的脚步声和她的腿在杂草丛中走过时摩擦发出的如小刀割物般的声音，这对拉尔森来说就已经足够了——有个被一米高的围墙围着的圆形池塘，围墙上长着苔藓，裂缝处盘踞着干枯的植物。在池塘后方与之相邻的地方有座同样是圆形的凉亭，是用木板搭成的，被漆成了海军蓝色，不过已经开始褪色了，凉亭顶部呈锥形，直冲天空。凉亭再往里去一些就是那栋白灰色的立方体水泥小楼了，小楼看上去脏脏的，楼上有无数个窗户，毫不美观地被那些柱子支撑着，要按河水可能的涨潮高度来看，这座小楼未免被撑得太高了些。这里污痕遍布，被枝条半遮盖着，到处都能看到白皙的大理石裸女雕像。*他们正在把这里变成废墟，拉尔森不悦地想道，我看至少值二十万比索。谁知道从房子后面到河边还有多少闲置土地呢。*何塞菲娜沿着池塘走去，拉尔森则顺从地跟着，他瞥了一眼池塘里的污水，水面杂乱地漂着些植物，小天使雕像在池塘中央点头哈腰。

那个女人停在了凉亭门口，慵懒地抬起一只胳膊。拉尔森有些失望，不过还是笑着点了点头，他摘下帽子，走向凉亭中的水泥桌子，桌子周围摆着几把铁质椅子，桌子上铺着块绣花桌布，上面摆放着几个茶杯、一瓶紫罗兰和几个盛着糕点甜品的盘子。

"您随意，她马上就到。今天下午不冷。"何塞菲娜说了句，没有看他，抓着那捆甜点的手晃来晃去。

"谢谢，太周到了。"他又把头倾向那个女人，倾向那个摩擦着凉亭木板远去的低矮急切的身影。

拉尔森试图解释这种被欺骗的感觉，他把帽子挂在一颗钉子上，摸了摸铁椅子，坐下之前先在上面铺了块展开的手帕。

那时是下午五点钟，一个阳光充足的冬季白日即将结束。拉尔森透过被粗糙打磨并涂成蓝色的木板上的菱形小窗，欣赏着此时此刻，此情此景逐渐变暗，黑夜像是被什么东西追赶着，只顾闷头前进，并没有起风，但长草已经弯了腰。潮湿、寒冷、幽深的气息从池塘里升起，那是夜晚的气息，或是用来让人们双眼紧闭的气息。在另一侧，小楼立在瘦瘦的水泥柱上，矗立在高高的深紫色空洞里，小楼下堆着夏天使用的床垫和椅子，还有一根浇水管和一辆自行车。他闭上一只眼，想要看得更清楚一些，拉尔森觉得那栋小楼就像是被许诺给他，同时也是他渴求的天国中的空位，又像是他想进入的某座城市的大门，他要在那里利用好余下的时光，来完成无关紧要的复仇任务，在失去精力的情况下尽情纵欲，获得不顾他人的、自恋式的掌控力。

他低声说了句脏话，起身迎接两个女人时却又露出了笑脸。他确信带点轻微惊讶的表情最适合这一时刻，他知道如何在之后谈话开始时利用这种表情：*我一直在等您、想您，我几乎已经忘记了我身处何地，您又会从何而来。所以当您的身影出现时，我就好像梦想成真了一般。*后来他正要去倒茶，屁股已经离开椅子了，却突然明白在凉亭这种地方，殷勤可以用更委婉的方式献出来。她也说了句话——先是像个受惊的动物一样转了转眼珠，似乎是在防备什么，但却并没感觉害怕，那是应对敌意和危机的一种长久以来的习惯——然后又笑了两声，她觉得这意味着她的话说完了，而且这样可以使得她的话明白易懂，过耳不忘。于是有那么一会儿，她毫无意义地睁大眼睛，张开嘴巴，就好像她在用它们去听别人说话似的，直到那如注释般的两声大笑消散于空气中为止。她变得严肃了起来，在拉尔森的脸上寻找笑声留下的痕迹，然后又移开了目光。

凉亭壁体上的菱形小窗之外，何塞菲娜站得虽远，但还算在场，她的身影被杂草遮住了一些，正一边同一只狗在争吵，一边加固玫瑰花的支架。问题存在于凉亭之内，只不过还没完全暴露，那张白皙而温顺的脸藏在蓬大头发下面，两条粗壮白净的胳膊总是晃来晃去，有时会打断她说话，有时她依旧没有停嘴，但双臂却猛然下垂。她穿着身紫红色的衣服，腰带以下异常宽大，而且很长，直垂到鞋带扣襻上，胸前和肩膀上点缀有许多装饰图案。亭内亭外，由上到下，冬日下午那阵阵袭来的凉意拂过拉尔森笔直而肥胖的身体。

"洪水淹了旧房子的时候，"她说道，"妈妈已经不在了，那是个晚上，我们开始把东西往楼上卧室搬，每个人都拖着最喜欢的东西，好像在冒险。马比我们更害怕，鸡都淹死了，小伙子们跳到了小船上。爸爸很生气，因为他从来没那么害怕过。乘船的小伙子们在树木间划来划去的，想给我们带点吃的，还要请我们出门逛逛。吃的我们有。现在，住到新家里了，水涨不怕了。小伙子们还是划船来回，他们不在乎涨不涨水，他们划船从各个地方来，举着胳膊摇晃衣服打暗号。"

"您猜猜我来这儿多久了，"拉尔森在凉亭里说道，"您猜一千年也猜不到，因为您没在意。我住进了贝尔格拉诺区，我来到这儿纯属偶然。那家商场离造船厂隔了一个街区。我当时不知道要拿我的生活怎么办，请相信我。我搭乘一艘小船，随便挑了个喜欢的地方下了船。就在那时下起了雨，我就钻到那家店里去了。就在那时您出现了，就是这样。从那时开始我就迫切想见到您，和您讲话。也不是为了什么。我不是本地人。不过我不想在见到您、和您聊天之前离开。现在可以了，现在我又能呼吸了。我只想见到您，和您随便说点什么。我不知道生活对我有怎样的安排。但是这次相遇已经足以补偿一切了。因为我见到了您，而且此刻依然还在看着您。"

何塞菲娜打了那条狗，它叫了起来，跟着她一起走进凉亭，她气喘吁吁、面露笑容地看了安赫莉卡·伊内斯的脸一眼，又看了看拉尔森神色忧伤的侧脸，还有水泥桌上被两人遗忘的食物饮料。

"我什么也不求，"拉尔森大声说道，"我就只是想再见到您。跟您道声谢，道多声谢，因为我刚才说过的一切。"

他脚后跟对磕了一下，微微欠身行礼。佩特鲁斯的女儿站起身来开始笑的时候，他把帽子取了下来。拉尔森再次欠身行礼，把椅子上的手帕也拾了起来。

"天已经黑了。"何塞菲娜低声说了句。她把半边屁股靠在凉亭入口的木板条上，看着自己那只给狗喂剩饭的手。"我陪您出去吧。"

拉尔森跟在女仆身后，他好像变得又聋又瞎了，融入到了被多次预告过的寒潮中，融入到了摩擦杂草发出的小刀割物般的嚓嚓声中，融入到了虚无缥缈的光线中，融入到了遥远的狗叫声中。

拉尔森似乎重新焕发了青春，不过随之也变得不够谨慎了起来，他在挂着"赫"和"佩"字的大门前捧住何塞菲娜的下腭，凑上前吻了过去。

"谢谢，亲爱的，"他说道，"我是个知恩图报的人。"但是她伸出一只手，挡住了他的嘴巴。

"别动！"她心不在焉地应了一句，好像在跟一匹温驯的马说话一样。

四

造船厂之二

没人知道赫雷米亚斯·佩特鲁斯跟拉尔森是如何碰到一起的。

毫无疑问会谈是由后者促成的，也许还受到了"贝尔格拉诺之家"的老板波特斯的帮助，因为拉尔森求助于圣玛利亚的任何其他居民都是件难以想象的事情。此外还要考虑到，打从半年前开始，造船厂就缺一个总经理来监督管理了。

不管怎么说，会面是在某个中午在造船厂里进行的。那次拉尔森也还是没能进入那栋立在水泥柱上的小楼。

"这是加尔维斯，这是昆茨，"佩特鲁斯指了指二人，说道，"分别管理厂子的大小事务和技术问题。都是不错的同事。"

秃头年轻人和黑发老人像是早就通好气了，同时露出了略带讥讽和敌意的神情。他们冷漠地跟拉尔森握了握手，然后迅速望向佩特鲁斯，开始跟他说话。

"明天我们会完成盘点工作，佩特鲁斯先生。"昆茨，也就是年长的那位，这样说道。

"是检查，"加尔维斯纠正道，他脸上的笑容有些过分甜蜜了，指尖在相互摩擦，"到目前为止，一根螺丝钉都没少。"

"一颗螺丝帽也不缺。"昆茨进一步确认。

佩特鲁斯胳膊肘撑在写字桌上，一直戴着顶黑色帽子，用一只手拉着耳朵，想要听得更确切些，他眯着眼朝没有玻璃的窗户看了看，朝着下午的光芒和冷气看了看。他双唇紧闭，紧张又严肃地晃动脑袋，每想到什么主意，就满意地点点头。

拉尔森又在那两个等在一旁的人冷漠的脸上看到了敌意和嘲讽的神情。面对憎恨、回应憎恨可能本就是生活的意义，是种习惯，也是种享受。几乎随便什么地方都比这里要强：漏雨的薄板房顶，布满灰尘的瘸腿写字桌，靠着墙堆积成山的文件夹和档案箱，没有玻璃的铁窗四周肆意生长的锐利植物，这个厂子里让人歇斯底里地愤怒的工作剧，家具上的繁杂装饰（家具用得太久，加上被虫子啃食，已经耗损严重，迫不及待地想展现自己可供当柴火使用的能力了），饱受雨淋日晒和脚踩、杂乱地堆在水泥地面上的文件，或摞成金字塔状或展开被钉在墙上、依然破损的蓝白色平面图卷纸。

"很好，"佩特鲁斯用他气喘吁吁的嗓子说道，"可以周期性地给债权人委员会汇报，不要让他们来找我们要，要让他们知道他们的利益是得到充分保障的。咱们得坚持到公正审判到来的时候。努力工作，就像什么事都没发生那样，我本人就一直如此。船长是会和他的船一起沉没的。但是我们，先生们，我们是不会沉的。我们的船有点倾斜，在随波逐流，不过还没到倾覆的地步。"在说最后一句话的时候，他的喉咙里发出嘶嘶的响声，眉毛上挑，表现得期待又骄傲。他的一口黄牙一闪而过，抓了抓帽子边缘。"咱们明天要毫无差错地把检查工作做完，先生们。拉尔森先生，这边请……"

拉尔森慢慢地、挑衅式地看了眼那两张微笑道别的面孔，那种不知生自何处的嘲讽意味加重了，此外还在不知不觉间流露出了某种同谋的意思。再后来，他跟在佩特鲁斯挺得笔直又摇摇晃晃的身子后面向外走去，拉尔森有意识地吸了口混合着潮气、纸味、冬天的味道、厕所的味道、远方的味道、废墟的味道和欺骗的味道的空气，并没有觉得不快，也没感到难过。他没有转身，耳边已然传来加尔维斯或昆茨大声说话的内容：

"造船厂的伟大老头！一个白手起家的人物！"

加尔维斯或昆茨模仿赫雷米亚斯·佩特鲁斯那严肃而冷漠的声音答道：

"股东先生们，我是开拓者！"

他们穿过两间没有门的办公室——落满灰尘、杂乱无序，房内的孤独感似乎触摸得到，电话线胡乱缠在一起，还有些用氰亚铁酸盐那不易褪色、不可思议的蓝色绘制而成的平面图以及腿儿上起了刺，但依然能辨认出的家具——最后佩特鲁斯来到一张椭圆形的巨大桌子前，绕着桌子转了一圈，桌子上满是灰尘，还放着两部电话，还有些绿色的吸墨纸，有些用过了，有些还是新的。

他把帽子挂了起来，请拉尔森坐下。他思考了一会儿，一对粗大的眉毛紧皱着，两只手张开放在桌子上。后来突然笑了起来，嘴巴快咧到扁平的两鬓处了，他盯着拉尔森的眼睛，没表现出喜悦，也没有其他表示，只是露着两排黄黄的长牙，也许同时显露出的还有拥有那么一口牙的骄傲感。拉尔森有点怕冷，无力发怒或是真正感到惊讶，在佩特鲁斯老生常谈的讲话间隙点头表示认可。几个月前或是几年以前，加尔维斯、昆茨和其他几十个可怜人——如今早已作鸟兽散了，有的消失了，有的死了，全都变成了幽灵般的人物——满怀希望和感激听了同样的讲话，对他们来说，那些被清晰而缓慢地讲出的话、那个迷人而易变的提议恰恰证实了上帝的存在、好运的存在或者迟来但可靠的正义存在。

"三千多万比索，先生。这个数字还不包括这些年来对某些财产的巨额估值，也不包括其他很多还能抢救回来的东西，例如可以变成田地用的好几公里的路，还有铁路线的第一段。我说的都是真实存在的东西，是随时可以按那个数字进行交易的东西。还有这栋楼，几艘船、机器和零件上的铁，这些东西您随时都能去棚子里看到。昆茨先生在这方面会听候差遣的。一切迹象都表明法官很快就会撤销破产判决，到了那时候就可以摆脱债权人委员会那官僚式的、十足让人窒息的指责了，我们也就能让厂子重获新生，给它注入新的活力了。现在我已经有了必需的资金，剩下的工作就只有选人了。所以您的工作对我来说才如此重要，先生。我看人很准，我确信您必定不会让我失望。但您还是需要了解一下厂子，不必再浪费时间了。我给您的职务是赫雷米亚斯·佩特鲁斯股份有限公司总经理。您的责任非常重大，等待您去完成的任务也很艰巨。至于您的工资，我等着您给我报价，您可以先了解下公司在投入度、智慧和忠诚方面对您有怎样的期待。"

他说话时双手一直十指紧扣，放在脸的前面。后来他把手放回到桌子上，又露出了牙齿。

"我会给您答复的，先生，就像您说的那样，"拉尔森冷静地答道，"等我全面研究过后。这是急不来的事情。"他把已经盘算过多日的报价咽回到了肚子里，从安赫莉卡·伊内斯一脸怀疑地看着他，支支吾吾地向他确认了彼此的爱意和敬意，并且确认了老佩特鲁斯考虑给他在造船厂里提供个诱人而稳定的职务时，拉尔森就已经开始盘算了，那肯定是个未来可期的重要职务，能配得上他拉尔森先生，要比他当时正在考虑的布宜诺斯艾利斯的一份工作更好。

赫雷米亚斯·佩特鲁斯站了起来，抓起帽子。拉尔森显得有些心事重重，有些不悦地接受了信仰的回归，并不热情地对抗着从老头子先收缩后放松的后背上散发出的庇护感，他跟着佩特鲁斯穿过两间空屋，进入到大厅中光亮冰冷的空气里。

"小伙子们已经去吃饭了，"佩特鲁斯宽容地说道，只露出了三分之一的笑容。"不过咱们还是别浪费时间了。您下午过来，做个自我介绍。您现在已经是总经理了。中午的时候我得去布宜诺斯艾利斯一趟。细节问题等我回来咱们再敲定。"

拉尔森一个人留了下来。他把手背在身后，小心翼翼地踩在图纸、文件、满是尘土的区域和吱嘎作响的模板上，他开始在巨大的空办公室里踱步。窗户上之前是有玻璃的，每对损坏的电话线之前都连在一部电话上，二三十个男人弯着身子伏在写字桌上干活，一个姑娘准确无误地在电话总机上投取硬币（"您好，这里是佩特鲁斯有限公司"），另外几个姑娘则摇摇晃晃地走到金属卡片箱的旁边。老头子要求姑娘们都套上灰色防尘服，也许她们都觉得这是他强迫她们保持单身、不做丑事的手段。收发室的小伙子们每天至少要寄出三百封信。在尽头处，老头子仿佛站在某个看不见的地方，他和今天一样老，带着些许自信，矮小但可靠。三千万比索！

小伙子们，昆茨和加尔维斯都在贝尔格拉诺之家吃饭。要是拉尔森那天中午决定认真对待自己的饥饿感的话，要是他没有选择不去吃饭，而是在那堆象征物中，在他本人无意间强化并钟爱的结束语般的氛围中——他的爱已太浓，重归故土的平静感蔓延在他呼吸的空气中——的话，他也许还能够自救，或者至少在不欣然接受的情况下继续迷失，而不是像后来那样，让自己的堕落无所遁形，尽人皆知，惹人耻笑。

曾经有那么多次，从他跟在一个背着有个小女孩睡在其中的筐子的胖女人身后意外地在造船厂港上岸的那个下午开始算起，他就预感到了某个难以描述的陷阱正张开贪婪的大嘴等着他。现在他坠入陷阱了，而且无力命名它，无力知晓他已在其中游逛。他制订好了计划，面露微笑，做出耐心而狡黠的举动，只是为了钻进这个陷阱，为了在这绝望而荒唐的最终避难所里平静生活。

要是他走遍这座空楼去寻找出口楼梯的话——神奇的是，一个金属女人雕像就在楼梯下方，她面带笑容，衣服和头发被海风吹得笔直，毫不费力地擎着一个不成比例的火炬，火炬上燃烧着扭曲的玻璃制成的火焰——那么他肯定会进入贝尔格拉诺之家吃午饭。这样一来，当场就会发生——那时他还算不得已经接受了迷失的命运——二十四小时后，也就是次日中午，在他天真地做出那个不可反悔的决定之后，发生的那件事。

因为第二天中午他一走进贝尔格拉诺之家就看到加尔维斯和昆茨从他们正在吃饭的桌子上转过身来望着他。他们没邀请他和他们坐在一起，也没叫他。但是他们把那种眼神，那种诡计多端、耍小聪明的表情继续投向他，他们没请求什么，也不渴望他去做什么，就好像他们只是在观看乌云密布的天空，无精打采地等待着雨水落下。因此拉尔森走到桌子边，脱下外套，大声说道：

"可以坐这儿吗？要是不打扰各位的话。"

他没要冷盘，好跟他们同时吃第二道菜。他们喝了汤，吃了烤肉和甜点，边吃边聊，热情但不真诚，不表明立场，他们谈天气，谈收成，谈政治，谈不同省份省会的夜生活。他们对着咖啡杯吸烟，昆茨是他们之中最年长的，看上去头发和眉毛都染过，他看着加尔维斯，伸出根手指指了指拉尔森。

"所以您就是新的总经理咯？您拿多少钱？三千？请原谅我这么直接，但这事儿本来就是加尔维斯在经手，我们很快就会知道了。他得在账本上登记。记在拉尔森先生名下，您是叫拉尔森，对吧？两千，三千或五千比索，您六月份的薪金。"

拉尔森看了他一眼，过了一会儿又看了看另一个人，以此拖延时间。他本来想了句骂人的话，很适合他低沉的嗓音和缓慢地分音节念词的习惯，由他说出必然会十分响亮。但是他不能确定他们是在嘲讽他。更老的那位叫昆茨的，头发浓密，圆圆滚滚，体形肥大，像个蜘蛛那样驼着背，脸上有几道深深的皱纹，正盯着他看，只是好奇，没有别的，他发黑的眼睛里闪烁着孩童幻想什么东西时的那种光芒。另一位，加尔维斯，坦率地露出一口年轻人的好牙，平静地摸了摸光光的脑袋。

他们就是想取乐，就像是在寻找某个笑话，好在今晚讲给他们并没有的女人。又也许他们有女人，四个可怜又不幸的人儿。没必要和他们起争执。

"没错，您说得对，"拉尔森说道，"我是总经理，或者说如果佩特鲁斯先生同意我提出的条件的话，我就是总经理了。此外，其实这事连说的必要都没有，我肯定得研究一下厂子的真实状况。"

"真实状况？"加尔维斯问道，"还不赖。"

"我们才刚刚认识先生您，"昆茨的脸上闪过尊敬的微笑，"但理应对您讲实话。"

"等一下，"加尔维斯打断了他，"您是高等技术方面的专家，能分辨出那些东西是因为河水的潮气还是因为氧化才烂掉的。到了最后，一切都烂掉了，就像是长了层皮，只能丢掉或卖掉。技术总监就是因此而存在的，要负责卖掉那些东西，干这活的人挣两千比索。我从没有哪个月忘记把这笔钱记到赫雷米亚斯·佩特鲁斯股份有限公司的账上。但这是另一回事了，是我要操心的。拉尔森先生，我猜想您是会接受总经理这一职务的，我能问问您想要多少薪酬吗？只是好奇而已，请您理解。我会把您报的数记下来，一百比索也好，两百万比索也罢，都无所谓。"

"我明白，您是要管账的时候用。"拉尔森笑道。

"不过您可以给这位朋友一些引导，"昆茨笑着说道，又给自己倒了杯酒，"您可以透露点秘密，告诉他之前那些总经理的薪资是多少，这能帮上忙。"

"当然了，不过他肯定已经有了自己的打算了，"加尔维斯点了点那颗光头，表示认同，"所以我才问他。我只是想知道在拉尔森先生心里，咱们造船厂的总经理值多少钱。"

"您还是应该告诉他那些前任拿多少钱。"

"我不在乎，谢了，"拉尔森说道，"我考虑过一段时间了。少于五千比索不干。月薪五千，以后根据情况还要另算佣金。"他举起咖啡杯吮吸杯子里的糖的时候觉得自己有些手足无措、荒唐可笑，但是他控制不住自己，他已经不能走回头路了，已经无法从这个陷阱中挣脱出来了。"我老了，不能再经历试用期了。我的要求就是这些，我在别的地方也能赚那么多钱。我在意的是让厂子好好发展，我知道厂子值几千万比索。"

"怎么样？"昆茨向加尔维斯问道，同时把脸往桌布上倾了倾。

"挺好，不错，"加尔维斯说道，"请等一下，"他摸了摸脑袋，向拉尔森投去笑容，"五千比索。祝贺您，这是现有的最高价了。我们有过拿两千、三千、四千和五千比索的总经理。很好，总经理就该拿这个数。不过请允许我透个底。上一位拿五千比索的总经理，德国人施瓦茨，借了一杆猎枪，想杀我或是杀开拓者佩特鲁斯先生，无法确定他的目标到底是谁，他在后门，在我家和办公楼之间的地方守了一个礼拜，有人说他最后朝着查科地区[1]的方向开了枪，他一年前在这儿工作，月薪五千比索。说这些是为了帮助您。我知道在那之后货币又贬值了不少，所以您大可以要六千比索。您觉得呢，昆茨？"

"我觉得很对，"昆茨用双手梳理着一头乱发，突然变得严肃又悲伤了起来，"六千比索，不算多，也不算少。就总经理的职务来看，这个数刚刚好。"

拉尔森此时点燃一根香烟，笑着向后仰去，尽管觉得自己出了错，而且有些荒唐，但还是不得不去捍卫某些他忽略了的东西。

---

1 南美洲区域，位于阿根廷、巴拉圭和玻利维亚的边境处。

"再次感谢，"他说道，"不过五千就可以了。明天咱们就开工。先提个醒，我希望大家都努力工作。"

两人点了点头，又要了些咖啡，他们沉默着分享香烟和火柴。他们透过窗户望着灰色的泥泞街道。加尔维斯哆嗦着慢慢抬起光头，想打喷嚏，但没打出来，后来他要来账单，签了名。空无一人的街道上，最后一个水坑映出脏兮兮的咖啡色天空。拉尔森想到了安赫莉卡·伊内斯与何塞菲娜，想到了能够宽慰他的许多往事。

"好吧，如果您执意坚持的话，那就五千吧，"加尔维斯看了看昆茨，说道，'我是无所谓，反正都是同样的流程。不过您已经基本算是佩特鲁斯的乘龙快婿了，这儿的人都这么传。如果属实的话，我得祝贺您。一个很好的姑娘，三千万比索。当然了，不是现钱，而且钱也不都是您的，不过没人敢跟我争论说钱的总额不是那个数。"

拉尔森开始明白自己出了差错，不过尽管显得有些无精打采，他还是挑衅般地撇了撇嘴，动了动舌头，给嘴巴里衔着的香烟换了个位置。

"至于那件事，什么也还没定下来，而且还是私事，"他慢慢说道，"我这么说没什么恶意，但是诸位应该在意的就只是我总经理的身份，此外明天咱们就要正式开始严肃对待工作了。今天下午我会拍几份电报，给布宜诺斯艾利斯那边打电话。今天各位想干什么就干什么吧。明天八点我会到办公室，好好安排下各种事情。"

他站了起来，漫不经心地穿上刚合身的外套。他有点难过、犹豫，徒劳地思索着某种可以强化自己形象的道别方式，可是他此时就像喝醉了一样，受一种难以置信的冲动所驱动，心中升起的只有仇恨。

"九点吧，"加尔维斯笑着说道，"我们从来没在九点之前到厂子里过。不过要是您需要我的话，可以到棚子旁边，或者说库房旁边的小屋子里找我。随时都行，我都方便。"

"拉尔森先生，"昆茨站了起来，他的脸上露出了天真的表情，那些皱纹显得像疤痕一样，"很高兴和您一起吃饭。那么就按您说的，五千比索。不过请允许我这么说，您要少了，实际上有些太少了。"

"再见。"拉尔森说道。

可是这一切发生得太迟了，晚了二十四小时。和佩特鲁斯会面的那个中午，他就已经是总经理了，尽管还没确定薪资，那天中午，拉尔森忘了吃午饭，在回忆过消失在那个被分割成数间办公室的大厅中消失的身影、担忧和表情之后，他开始缓慢而大声地走下铁楼梯，那段铁楼梯通往厂棚和码头上的其他部分。

他笨拙地下楼，感受到了一切都显得有些不真实，似乎危机四伏，走到第二段楼梯时，墙壁消失不见了，吱嘎作响的铁楼梯似乎拐入到了一片空无之中。后来他又在潮湿的沙土地上行走，小心翼翼不让鞋子和裤子蹭到杂草。他经过一辆轮胎尽数陷入地面的卡车，发动机裸露在外，上面还有几样锈迹斑斑的零件。他顺着风势朝着那辆卡车吐了口痰。*骗人的吧。老头子难道看不到这些吗？好好搞搞的话，这些东*

西能值五万多比索，只需要给它上面搭个棚子就行了啊。 他突然活力十足，挺直身子从门前有三级台阶的小房子前穿过，走进了不带门的巨大厂棚中，他学会了管这里叫棚子或库房。

尽管灯光昏暗，天气寒冷，风从薄薄的屋顶上的孔洞钻进，他还饿着肚子，可矮小但专注的拉尔森还是在长满铁锈、不知做何使用的机器间穿来行去。他还沿着窄道子走，周围尽是巨大的货架，如墓穴般的长方形货龛里堆满了螺丝、螺钉、虎钳、螺母和钻头，他决定不让自己因为孤独、这无用而狭小的空间、被怨气冲天的麻绳穿过的工具上的孔眼而感到气馁。他在厂棚尽头停了下来，停在一堆救生筏旁边——*每个救生筏上能坐八个人，外皮就像过滤网，防腐木材，橡胶救生圈，上千比索我都嫌少*——想要捡起一张带白色文字的蓝色机械图纸，图纸已经变硬了，上面沾满泥土，长长的草叶长在上面，已经取不下来了。

"败家子，"他大声喊了一句，轻蔑而不悦，"要是没用了，可以归档，丢在车房里可不行。这陋习得改改。老头子连这种事都能忍，怕不是疯了。"

他说的话连回音都没有激起。风呈温和的旋风状盘旋而下，从库房一侧轻松钻入。所有的话语，包括脏话、威胁的话和骄傲的话，声音一旦平息，就立刻被忘却了，再不剩丁点儿痕迹了，仿佛从来就没响起过，也永远不会再响起，有的只是那高高的三角形尖顶，如痂般的铁锈，好几吨铁和肆意生长纠缠的盲目的杂草。站在库房中央的还有他，默默忍受着，仿佛自己只是匆匆而过，周围的事物都与之无关，他只是无力而荒唐地移动着，就像只生存在神话传说中、变幻莫测的大海上、寒冷的冬日里的黑虫，舞动足肢和触角，自负地忙碌着。

他把图纸揣进大衣兜里，留心不让它把衣服弄脏。他的一侧嘴角露出笑容，显得宽容而有男子气概——就像是在冲着那些老对手笑，他们被他战胜了那么多次，所以此时相互间的仇恨也变得柔软而温和了，像是已经成了某种习惯——他对着孤独笑，对着这个空间笑，对着这片废墟笑。他把手背到身后，又吐了口痰，不针对某个具体的事物，而是针对一切，针对他看到的所有事物以及它们所代表的东西，还有那些他无须借助言语和图像就能回忆起来的东西。他针对的是恐惧、各式各样的愚昧、悲惨的现实、灾难以及死亡。他没有歪头便吐了痰，嘴唇和舌头的配合堪称完美。他朝上吐，朝前吐，经验老到，兴高采烈地跟着呈抛物线状飞出的口水划出的路线前行。他没想到"办公室"这个词，也没想到"写字桌"这个词。他想的是：*既然老头子已经占了最大的屋子，也就是带着或者残留有玻璃的那个房间，那么我就要把我的办公室设在有电话总机的那个房间。*

现在应该是下午两点了。加尔维斯和昆茨应该已经回来继续做检查工作了。这个点已经不可能在贝尔格拉诺之家找到吃饭的地方了。他怒气冲冲地从堆放着救生筏的地方走开，那些救生筏都坏了，连上方的房顶也有些开裂了。他把手揣在大衣口袋里，对自己的身高、肩宽和鞋跟踩在永远湿润的这片土地上、顽固的杂草上产生的压力有十足的把握，他开始向着棚子的入口处走去。他的帽子戴得并不板正，眼睛有节奏地转来转去，出于责任心而感到疑虑重重，他边走边检视那些发红的机器，它们可能已经无法再修复了。他还看着那些呈几何状对称排列的、单调的柜子，里面挂着各种工具的尸体，一直堆到房顶处，还继续冷漠而肮脏地向前堆去，堆到他的视线之外，堆到可以想象的最后一级台阶之外。

他一步又一步地走着，他凭直觉感到这样的步频是最适当的，他背负着挫败感带来的苦涩和犹疑，他决心要把那些金属零件从它们的墓地中拯救出来，把那些巨大的机器从它们的陵寝中拯救出来，还要拯救那些由杂草、淤泥和阴影组成的衣冠冢和不和谐地分散在各处的角落，它们正是五年或十年之前某个工人的骄傲愚蠢和某个监工的愚昧自大的体现。他就这样边走边看，焦躁不安，摆出长辈式的严肃面孔，假装自己既有威严又勇敢果断。他决定散布有关升职和裁员的消息，他需要相信那一切都是属于他的，所以他必须毫无保留地投入到这份工作中去，唯一的目的就是让自己的选择有意义，再把这种意义延伸到他的余生中去，与之对应的结果是，他的整个人生都会变得有意义。他一步接一步地走着，踩在松软的地面上，没有发出一点声音，眼睛则一刻不停地左顾右盼，看看坏掉的机器，又看看蛛网密布的柜子。他一步接一步地走着，走到微弱的冷风中，走到聚拢成雾的潮气中，他迷失了，被罩住了。

五

凉亭之二

  因此第二天中午拉尔森走进贝尔格拉诺之家跟加尔维斯和昆茨一起吃午饭时，他已经入了迷，也下定了决心。永远没人能确凿无误地知道他选择领先月薪榜时选择的薪资到底是五千还是六千比索。实际上，他选择怎样的工资数只对加尔维斯一个人有影响，因为他是每个月 25 号负责把那个数字用机器打出来的人，还要打好几份，他时常会因为恼怒而暂停工作，转而反复用手摩擦自己的秃脑袋。每个月 25 号，他就又会发现，又会明白他已深陷其中的那已成常规、亘古不变的荒诞状况。周期性出现的激动情绪迫使他只能中止手头的活，开始走路，在没几个人的巨大厅室里走来走去，双手背在身后，脖子用棕色围巾围上，停在昆茨画图的桌子前，想要冲他露出静谧而惨白的笑容，总是透着怒意，但转瞬即逝。

  所以说那五千或六千比索总是会被准时记录到工资簿

上，至于到底是五千还是六千，就看拉尔森是迷信单数还是复数了。总之他选择了个数字和其他东西，现在他每天早晨到岗比任何人都早。思考，冻得发抖，他不承认自己只不过胜过了加尔维斯和昆茨而已。他安顿在那间为总经理准备的办公室里，这间办公室被电话总机和杂乱的黑色电线占得满满的，此时倒没原先那么多尘土了，也没那么脏了，不过却变得与世隔绝了起来。

这可怜的小胖子，这具未下葬的死尸，这只勤奋工作的小蚂蚁。拉尔森可能从两个月前就开始这样形容自己了，前提是他能看到自己在早上八点钟走进总经理办公室，摘下帽子，脱下外套和手套，让身子舒服地坐到有许多破洞的皮椅上，翻看他自己在前一天下午挑选并放到写字桌上的成堆的文件夹。

自从他花了段时间处理那些线路之后，响铃就好用了，或者说再次好用了起来。他用黑笔在门上的鳞状玻璃上写下了"总经理室"几个大字。有时上午刚过半，他就对那些总是以"我们最亲爱的先生们"开头、落款多在五年或十年前的蓝纸失去了兴趣。他中止阅读那些关于价格、吨数、鉴定、报价和难以避免的还价方面的往事，按下桌子上的两个响铃之一，接着加尔维斯或昆茨就会整理好领带，在孤独中练习一下目光和微笑。他们，这位或那位，一听到响铃在卖力地摇晃，就开始自嘲一番。他们敲门，请求进门，称呼他"先生"。

话说回来，到了月末，拉尔森既拿不到五千比索，也拿不到六千比索。可谁也无法否认当有人推开总经理室那带玻璃的木门时，不管那人是加尔维斯还是昆茨，拉尔森总是一脸满足、微笑着请来人就座，还会打出一个温情满满的手势，也不会有人否认拉尔森在提问和收到回复时的那种癫狂的喜悦感，虽说那些问题涉及的都是些雷声大、雨点小的话题，可能压根毫无意义：收支状况如何啊，锅炉当下的容量限度啊，诸如此类。

他跷着二郎腿，手指肚贴在一起，放在嘴前，圆脸上透着专注和怀疑，有时他会把自己假想成老佩特鲁斯，运用经验，获取利益。

另一个人，那两人中的一个，写字桌另一侧的那个——带着适时的夸张笑容，点头哈腰，使用早就盘算好的糟糕称呼"总经理先生"——逐渐编织的所有谎言、胡言和惹人发怒的嘲弄言语，却都让拉尔森心里觉得暖暖的。

"明白，当然，确定，这是自然，我就是这么想的。"在谈话停顿时他就会喜悦而卑微地说这些话，就像是在给朋友借钱似的。

到了中午，就要哈欠连天的时候，他总会从写字桌上的旧台历上撕下一页纸来，把自己最近听到的最奇怪的几个单词记上去。他想站起来去拥抱加尔维斯或昆茨，说一句下流话，再拍拍对方的后背。但他总是仅限于热情又悲伤地道句谢，用一个简单的手部动作和表示友好及认可的微笑把事情办完。

他等待着，直到听到他们离开为止。他耐心地把那些写着可疑又奇怪的话语的小纸片撕碎，穿上外套，戴上帽子和手套，从没有玻璃的窗户望向孤独的厂棚、孤独的湿漉漉的地面和四处生长的孤独的杂草，他让自己的脚步声在空荡大厅布满尘土的地面上响起。他从拉着铁丝网、通向茅房和鸡窝的后门进入贝尔格拉诺之家：他溜进自己的房间，读着《自由报》等着午餐时刻来临，他坐在用柳条和破损的印花窗帘做的椅子上发抖，从屋顶渗入的寒气越来越重了，冬日的预兆也越来越清晰了，他冲着上方比画了个"裁袖子"的手势[1]。他一整天都在翻动、拍打、浏览记录着买卖和生产情况的卷宗，尽管他开动想象力，但这些工作还是没有让他明白任何事情，似乎已经没有什么事情是有意义的了，对所有人都是如此。到了下午，在这样的一天临近结束时，拉尔森确定自己是最后一个离开办公室的人，他徒劳地锁上门，回到了贝尔格拉若之家，刮了胡子，穿上丝质衬衫，这件衬衫总是干净发亮，只是袖口处有些磨损了。要是出门的时候碰到了老板，就骗他说自己要去个上档次的地方，然后绕几个大圈子，在土铺成的道路和人行道上犹犹豫豫地踩出各不相同的线路，它们仿佛成了新颖而无用的小路，是这个陷阱、这场戏的子女。

沉重的钟声响得有时比他的行动早些，有时晚些，他穿过铁门，冲着女仆——总露出嘲讽的意味，显得很孤僻——笑笑，由于背负显而易见的压力，那种笑容也有些悲伤，嘴

1　一只手搭在另一只手的肘关节内侧，后一只手呈九十度角弯曲，系骂人之意，与竖中指手势类似。

角微微上扬，眼神中流露出顺从，想诱惑她分享这种感觉。他还是跟在她后面走，不过此时已经无须她引路了，他们走在高高的植物和它们散发出的气味中，这里位于两侧墙壁之间，空旷无遮挡，天很快就黑了下来，只有那些静止不动的白色雕像刺破了夜色。

抵达离铁门五十米远的凉亭后，他依然在笑，不过那种顺从的感觉已经没有了：他就是青春，就是信仰，他是打造未来的那个人，是构建更加美好的明天的那个人，是拥有梦想并致力于把它化为现实的那个人，是不朽者。也许在坐到铺在铁椅子上的手帕上之前，在让那与愉悦和惊讶的情绪相适应的笑容变得更灿烂之前，他会先吻那个女人："我熬了一天，就是为了这个时刻来临，现在我还在怀疑这一切到底是不是真的。"

也许他们在听到女仆的脚步声和狗叫声在立在水泥柱上的房子的方向渐渐变弱时就开始接吻了，那栋房子依然对他，对拉尔森，紧闭大门。（"我就只是想进去看看，在您住的地方待一会儿，客厅啊，楼梯啊，缝纫机啊。"他总是这样请求。她脸红了，跷起腿：她把笑容投向地面，后来才说不行，永远都不行，得佩特鲁斯发出邀请才行。）

又也许他们压根就没接吻。可能拉尔森继续保持谨慎，等待着那个终将到来的时刻降临，到了那时候，他会发现佩特鲁斯的女儿到底是怎样的女人，她跟已经被他忘却的玛丽亚或格拉蒂丝有什么相似之处，用怎样的手段诱惑她才不会引起她的惊恐和发狂，乃至使他们的关系过早走到终点。*她*

比我记得的任何一个女人都更疯。他躺在贝尔格拉诺之家房间里的床上这样想道，他有些愤怒，可同时对她又多了几分敬意。看得出来她家教很好，这样的女人可不多，她还从没有过男人呢。

如果真是这样的话，如果对失败和对其他他难以做主的事情的恐惧压倒了推动他毫不迟疑地接下这份工作、不浪费任何时间地与那两个女人建立联系的责任感和事业感的话，那就有理由相信——在傍晚凉亭幽会最重要、最丰富的版本里——安赫莉卡·伊内斯·佩特鲁斯，在她有能力说出一大段话的情况下，本可能会这样说：

我开始出汗了，开始来回转圈圈，两个小时，一个小时，在他来之前。因为我害怕，也怕他不来。我抹了油，我喷了香水。他提起裤子，要坐下了，我看着他的嘴巴，我把手抬到眼前，笑了，我想怎么看他就怎么看他，我不害羞。在凉亭里他握着我的手。他的身上有股月桂油[1]*的味道，有我的味道，有爸爸在卫生间抽雪茄的那种味道，有肥皂泡沫干了之后的味道。我有点想吐，不过并不恶心。何塞菲娜，也就是"黑妞"，笑了。她什么都知道，不过没和我说。可是她不知道我知道的那件事。我摸摸她，送她礼物，想让她问我。但她从来没问过，因为她不知道，她也想不到。她生气的时候就会笑，她问我些我不想懂的事情。抹脸油，香水。我从窗户看，或者亲亲迪克，迪克汪汪地叫了起来，它想下楼，*

---

1 原文为英文。

想让我陪它。我想着那些真真假假的事情，有些迷惑，但我一直知道他几点会来，几乎没猜错过，每次我说"他从铁门拐角那边走来了"，他就会出现，他也没办法。

　　刚开始的时候，我还希望他是爸爸的兄弟，想要他的嘴巴、手、声音在一天的不同时刻有不同的样子。就这样。他来了，他喜欢我。应该是他来，因为我没找过他。现在他们成了朋友，我看不到他们的时候，他们就一起在办公室里。爸爸看着天，他的脸瘦瘦的，没什么光泽。但他不是这样。我下楼，我等他，我冲迪克笑，冲我遇见的所有东西笑，不过很快我就不笑了，我不想在他到达之后，抓起我的手开始看我的时候还在笑，或者只想按我想要的那种方式笑。所以我就笑一点，看看他什么反应：他用指尖捏起裤子，轻轻坐下，挪一挪，然后就撇开腿静静地坐着了。我想着到了晚上之后的事情，那些才是真的，那时候他已经走了，我们会给圣徒和亡者点上蜡烛。在凉亭里发生的事情都是假的，我一直这么想。他跟我说话，我看着他的嘴巴，我给他伸过去一只手，他耐心地解释他是谁，叽里咕噜。不过我也会哭。我在床上想起那些谎言的时候能看到自己在用鞋子抚摸凉亭里的小草的样子。我从没伤害过他，我试着了解他。我想到了妈妈，想到了那些永远是冬天的夜晚，想到了罗德，它总是站着睡觉，雨水打在它的后背上，我想到拉尔森在很远的地方死了，我又想了一遍，我哭了。

六

小屋之一

　　丑事要等更晚些时候才发生。但也许不必刻意推迟讲述它，以免忘记。这么说吧，那事应该发生在拉尔森再次直面贫穷的困境之前，在贝尔格拉诺之家的老板波特斯不再冲他笑、接近不再冲他打招呼之前，在他耗光信用、无法再在吃饭和洗衣服方面赊账之前。在拉尔森重现二十或三十年前的场景之前，那时的他肥胖又愤怒，毫无智慧可言，那时他允许人们称他为"收尸人"，喝马黛茶，抽烟，一次又一次许同样的诺言，整天过得浑浑噩噩的，给男用人施点小恩小惠，好在每天早晨借个熨斗，要根香烟，要点热水。

　　丑事也许会推迟发生，直到可能不再发生，但看上去也可能在那个下午之前的任何时刻发生。那天下午，安赫莉卡·伊内斯·佩特鲁斯先是走进拉尔森的办公室，后来又走了出来，停在由入口楼梯和大厅相连的门前，盘旋的风在那里慢悠悠地刮着，她打算不紧不慢地转过身来，既不感到骄傲也不显得羞惭，穿着碎裂到胸前的衣服往回走去，那是她对着鳞状玻璃上"总经理室"这几个黑字时大方地敞开大衣，自己撕裂的，从肩头一直撕到了腰部。

比较而言，我们更喜欢拉尔森被饥饿和厄运摧残的那个时刻，那时候的他根本没有什么生活可言，连自我激励的动力都没有了。一个周六的午后，他正在办公室里阅读关于维修预算的卷宗，卷宗落款是七年前的二月二十三日，当时要维修的船是凯耶–孙先生有限公司的蒂芭号，该船当时在罗萨里奥港出现了故障。那里刚刚遭受了四十八小时的大风降雨天气，让人难以忘却的还有暴涨的幽暗河水。在那四五天里人们只能在空地上吃饼、果酱就着茶，以此充饥。

他把卷宗放下，慢慢抬起头。他听到了风声，加尔维斯和昆茨都不在，他感觉也听到了自己饥肠辘辘的声音，饥饿感如今已经从肚子上升到了脑袋和骨头里。也许装着小麦的蒂芭号在七年前的那个三月刚一驶出罗萨里奥港就沉默了。也许它的船长 J. 查德威克成功指引着它抵达了伦敦，路上再无波澜，也许凯耶–孙先生有限公司或查德威克先生受权力胁迫，最终接受了那份预算，或者接受了经过讨价还价后最终形成的报价，而那艘以某个女人的名字命名的、脏兮兮的灰色船只在卸货之后沿着河下行，最终来到造船厂，在这里抛锚靠岸了。可这些都无法在那本薄薄的卷宗里得到证实，实际上那里面只有些剪报，一封落款为罗萨里奥港的信，另一封由赫雷米亚斯·佩特鲁斯签署的信的副本，再就是那份细致入微的预算报告了。蒂芭号剩下的故事，是大团圆结局还是悲剧性结尾，就散落在一堆堆的文件夹和文件箱里，它们组成了所谓的"档案"，如今在总经理室的各个墙面跟前半米的地方堆着，还有的散落在这栋楼房里的其余地点。也许周一他能找到相关卷宗，也许永远都找不到。不管怎么说，他拥有成百上千个类似的故事，不管有没有结尾，足够他徒劳无用地读上几个月或者几年。

他合上卷宗，在封面上写上他姓名的首字母，好提醒自己已经读过了这份卷宗。他穿上大衣，拿起帽子，把这一楼层里所有办公室的门和家具都上了锁，当然是所有还在使用的门和家具，那些上面有锁而且插着钥匙的门和家具。

他停在大厅中央，负责管理、信件收发的人员和一部分负责技术和出口的人员就在那里办公，他正对着加尔维斯的办公桌，看着那些巨大的账目簿，它们全都被用粗麻布包了皮，封面上写着佩特鲁斯的名字，目录顺序被标注在了侧边。

饥饿感并不指想要吃东西的欲望，而是指饿着肚子且孤身一人的悲伤感，还有对那块干净、洁白、丝滑的桌布的怀念，那块桌布上打着些小补丁，还有些新弄上去的污渍。吱嘎作响的面包，潮潮乎乎的盘子，同事们粗鲁而愉悦的举止。

他想起了位于甘蔗地和厂棚之间、加尔维斯居住的木头小屋，也许还有个女人和他同住，还有几个孩子。此时已经接近下午一点钟了。*莠芭号的事，美国人查德威克和那家公司的事。所有这些事情发生的时候，我们得到相关消息的时候……难道公司就只是送去一封信？还是说我们在罗萨里奥港有代理人呢？我虽然指明了罗萨里奥港，但我想说的是*

我们影响范围内的所有港口。请原谅我在工作时间之外打扰各位。

但他们没等他把心里想的这些话说出来，他在离那几个蹲着的人很近的地方停了下来，摘掉帽子，露出笑容，微微扭过身子，避免烤肉的烟味飘到他的大衣上，他做好准备提出问题，同时撒谎，可是那些人并没给他这个机会。他们看到他肤色黝黑，身材矮小，步履笨拙，沿着楼梯走了过来，他脚步响亮，小心翼翼地踩着铁台阶，一双小鞋子油光锃亮，扶着帽檐，就像是握着把兵器，那是高贵的象征，是珍贵的献礼。他们看到他走进风中，来到空地上，他们没有互相对视，没有交流想法，只是心照不宣地决定不让他开口说话。

"来杯马黛茶？这是我的夫人。请原谅，我得弄弄火，火就要熄了。"加尔维斯笑着说道，烟雾盘旋，肉油噼啪作响。

德国人站了起来，点了点头来打招呼，然后抬起一条胳膊，给他递来马黛茶。

"谢谢，我就来待一小会儿。"拉尔森说道。

他摘下帽子，手直直伸向那个女人，她漂亮、肚子大大的、头发有些乱，她从小屋门前的台阶处、从木板围成的可以唤作"门厅"的地方向拉尔森走来，夏日夜晚，他们会坐在门厅处，嗅闻河水的气息，他们也许幸福，也许感恩。那个女人穿了件大衣，脚上穿的是男士鞋，走路时摇摇晃晃的，她体形肥大，肤色很白。她边往这边走边整理头发，不是试着徒劳地模仿别人弄个发型出来，也并非因为头发凌乱而感到抱歉，只是为了不让风把头发吹得遮住眼睛。

"这是我的荣幸，太太。"拉尔森快速而清楚地说道，他觉得在和女人们第一次相遇时习惯露出的那种笑容（十分灿烂，带有保护和取悦的意味，当然也无法完全隐藏他在心里的算计）他可以毫不费力地露出，不会受到时间和环境的影响。

他开始吸马黛茶，看了看四周，这个木屋就像是放大版的狗屋，门前有三级台阶，有之前被漆成蓝色的痕迹，一个内河船只的船舵歪歪扭扭地靠在那里，大概是从某艘"蒂芭号"的残骸上取下来的。

他看了看那两条不信任他的狗，望了望办公室所在的灰色楼房，砖头垒成的库房，房顶上的金属薄板，堆在一起的铁器，已经坏了的东西，还有那条微风吹动、水面未泛涟漪的河。

"这儿还不赖！"他说着又露出了笑容，这次也笑得很轻松，出于礼貌地表露出羡慕的心情。

女人个子高高的，两条狗在她腿边转来转去，她面无表情，抓着大衣的两个肩膀把它举高，冲着拉尔森露出了年轻但有许多斑渍的牙齿。

"他是来看看穷人是怎么过日子的。"加尔维斯站着解释道，他把马黛茶吸管咬在嘴里，露出了愤怒的笑容。

"我是来看看朋友们的。"拉尔森甜蜜地说道，就像是发现了对方也是有可能严肃起来对他讲话的。滚烫而发苦的马黛茶水飞快流入他的肚中。他觉得自己可以轻松出手打架，踹烤肉的人一脚，看着那个女人，再说句下流话。

"我正要离开办公室，"他检查着自己的指甲，背诵般地说出了这些话，"突然想到应该在周末的时候写份文件。我一上午都在查阅档案。我研究了一份寄给一艘停靠在罗萨里奥港的故障船船长的预算报告。"

他觉得他们任由他说下去全是出于恶意，他们不约而同地保持沉默，似乎是出于尊重，实则是为了嘲讽，好迫使他继续表演那让人绝望的滑稽剧。他藏起双手，低下头盯着鞋尖，鞋尖踩在被熏热的杂草上，踩在被泥土粘得发硬的废纸上，踩在又脏又潮的坑洞上，抬高，放低。门厅地面上放着台收音机——后来他才知道他们管小屋侧面伸出的木板叫陈列室——收音机开始播放探戈，或者他从那一刻才开始留意到收音机里的探戈舞曲。

"我读到了关于蒂芭号这艘船的记录，它装着小麦，停在了罗萨里奥港，需要维修才能起航。卷宗上没记录后来发生的事情。要找到其余的档案就要费些工夫了，"他在思索道别的方式，"请允许我这么说，可行的方式之一就是重新整理档案，把之前所有的生意记录都做一番重新整理。"他此时宁愿疯掉或是死掉，无所适从地看着自己的鞋子在被雨水淋得发暗的土地上晃动，又朝着那个宽大的、一动不动的女人说了些什么。再也坚持不下去的时候，他抬起头，看着他们，看完一个又看另一个，男人们，那个女人，那两条狗，他把两只手揣在兜里，气喘吁吁，帽子碰到了一只耳朵，眼神重焕青春，左顾右盼。

"取决于那事发生的年份，"昆茨有些难过地说道，"我不记得我曾经接触过这个事情。"

加尔维斯继续蹲在地上，盯着火。

"肉烤好还早着吧？"女人问道。

于是加尔维斯手里拿着把餐刀直起了身子。他有些吃惊地盯着她，就像是无法理解她的话似的，又好像她的脸或者她的问题揭露出了某个他之前未曾留意的丢人的事情。他冲她笑了下，吻了下她的前额。

"水凉了，"昆茨说道，"要是周一您能给我看看卷宗的话，也许我能想起来。"

加尔维斯走到拉尔森身边，试着不露出笑容。

"为什么不把大衣放到里面去呢？"他轻柔地命令道，"顺道拿个盘子和餐具来，您一进去就能看到它们。咱们一起吃饭。"

拉尔森没有看他。径直走上三级台阶，他把大衣留在床上，把帽子塞到大衣下面，取了个铁盘和叉子，面对那些人再次展现出的沉默时，他和善地笑了，就好像请人吃饭的是他一样。他调整好身体姿势，看着噼啪作响的烤肉，与此同时，收音机里鼻音沉重的歌者在唱着跟乡愁、报复有关的探戈。

就这样，拉尔森慢慢谨慎地开始接受一种可能性：用那些他已经决心不再常用的撒谎方式把虚幻的佩特鲁斯有限责任公司总经理职务和其他幻想结合起来。

也许他早已被迫硬着头皮接受这一切了：他明白无论是这个月底还是有生之年其他任何一个月底，他都拿不到那五千或六千比索的工资；贝尔格拉诺之家的主人在他带着如话多的酒鬼一样的笑容走进柜台时依然在读报或驱赶苍蝇；他在通向凉亭的路上散落的已被冻僵的大理石雕像之间穿过那熟悉的迷宫时，不得不把紧握的拳头藏进袖子里。也许他已经自暴自弃了，如此简单，就像是在遭遇危机的时刻投向某种陋习、怪癖或某个女人的怀抱那么简单。

但这次是他最后欺骗自己的机会。因此他绝望地、在避免让人看到他在努力的前提下，保持着自己总经理这一不可逾越的身份，与凉亭中逐渐升起的寒气、加尔维斯和他那穿着男人衣服的妻子以及两条脏狗居住小屋里外的事物保持距离。

除了那个女人无休止的恭顺和永远无法解释的神秘喜悦（*不是因为她逆来顺受，不是因为获得了和那家伙同枕而眠的特权，更不是因为她懦弱*）之外，他需要忍受的东西非常少。实际上，和他在一起的并不是他们，而是某种飘忽不定的忠诚感作用下的复制品，是另外的加尔维斯和昆茨，是另外那些或幸福或悲惨的女人，是曾帮助过他的丢掉了姓名和面庞的朋友们——毫无目的，并不真的在意，除了他们之间互相帮助的本能驱动之外再无他物——他们曾帮他体验落入陷阱和绝望的感觉，让他觉得那些感觉都是正常的，都是可以无限忍耐的东西。就他们而言，他们从第一天起就在忍受着拉尔森的双重游戏，既没觉得受辱，也没有嘲讽的意味：每天上午八点到中午十二点，下午三点到六点，拉尔森在办公室，晚饭之前的那段时间消失不见，在人们谈论老佩特鲁斯、影射他女儿的存在时装聋作哑。

每顿晚饭（如今几乎总是吃炖菜，因为天太冷了，小屋里受不了烤肉的烟味）都持续到很晚，配点酒，收音机里放点暗哑的探戈（两条狗都睡了，女人把领子立起来，忍受着炎热，用低沉而轻柔的声音哼唱，面带笑容，似乎每个词语都带着谜一般的享受与善意），平静地聊一些不涉及任何具体人的奇闻轶事和有趣回忆。

他们不再憎恨他了，而且几乎可以确定他们是支持他的，因为他们觉得他疯了，因为拉尔森在他们心里引起了一种浓浓的、模糊的、共有的疯狂感，因为他们在听拉尔森用严肃而拉长的嗓音谈论在1947年为某艘轮船的船体上漆报价，或提出通过某艘永远不会在这条河上航行的莫须有的轮船赚大钱的幼稚想法时生出了某种获得特权的补偿感，因为在看着拉尔森与贫穷不断抗争时，看到他在那场无休止的模糊战斗中不断胜利又失败时，看到他立起的硬领，没有光泽的裤子，熨烫妥帖的白色手帕，表露出信任的面孔，笑容和表情，平和的精神以及只有金钱能够造就的粗俗的满足感时，他们会以此消遣取乐。

七

凉亭之三·小屋之二

在那几天里，拉尔森来到了朝南下行的第二座港口梅塞德斯港，去卖他身上仅剩的东西：一只钻石胸针和一块红宝石，这是一个如今已不知去向的女人给他留下的回忆，它们的价值在这些年里有了显著的提高。

他站着，轻轻倚靠在当铺柜台上，等着店家来洗劫他。后来，出于迷信，他找了家小首饰店，是为了自我安慰和保存一点记忆去找的。那家店位于市场附近，市场前面是平坦的田地，那里也卖绸子、袜子、杂志和女鞋。窄小的玻璃柜台把他和一个长胡子、表情冷漠的土耳其人隔开，他肆意摸着送给女人的礼物，那是他的一个老习惯，可以让他感到高兴，那都是些没什么用的东西，或者是些作用很小的东西，不过却可以让他同各种各样的女人迅速建立起友谊来，随着岁月流逝，这些东西慢慢耗损，也慢慢顺从地改变自身的意义。

"东西都很贵，而且没什么好东西。"他这样说道，但是他的小心思消融在了土耳其人早就盘算好的沉默与忧伤的表情之中了，全然无功。

最后他让了步，挑了个带镜子的镀金香粉盒，盖子上还有盾牌的图案，镜子上的天鹅图案刚好挑衅式地从镜中人的鼻子和双唇之间穿过。他买了两个一模一样的香粉盒。

"分开包好，别互相蹭到。"

他独自一人在一家陌生的饭店吃了午饭，往兜里塞满巧克力，乘坐第一班船回去了。

那天晚上，在加尔维斯的小屋里，大家都想起了他，在开他的玩笑。他在付了欠款，又提前支付了两个月的租金后，和贝尔格拉诺之家的老板一起吃了饭。他坐在老板对面，两人一直喝到了天亮，拉尔森慢慢在不知不觉间喝醉了，他们聊钟表生意，聊人生起伏，聊这个年轻国家蕴含的无限可能。最后，在回到吧台要最后一杯鸡尾酒时，他暗示说很快债权人委员会就会放松对佩特鲁斯公司所拥有的三千万比索的限制，到了那时候，他就会正式宣布自己和安赫莉卡·伊内斯订婚的消息。

他上楼睡觉的时候想到自己身上还多出来两百比索，可以继续在加尔维斯的小屋里凑份子一起吃饭用。他睡着的时候还在想一切都到头了，再过一两个月他就没有床睡，没有饭吃了。衰老无可遮掩，不过他已经不在乎了。把胸针卖掉必将给他带来噩运。

他很快从早晨模糊的梦境中醒来，又似乎没有真正中断做梦，他在八点或九点钟的时候来到了办公室，面对前一天挑选出来的记录着已然逝去的往事的一堆卷宗，他无奈地摇了摇头。他开始阅读它们，直到去大厅转转、走到昆茨和加尔维斯十一点钟用来煮咖啡的那张桌子边的想法涌上心头为止。他听见他们走来走去、说话交谈已经有一会儿了。加尔维斯伏在那些大厚账目簿上，那个德国人则在那些单调的蓝色图纸间，在那些神秘的符号间神游，那些图纸硬硬的，被从写满数字的其他纸张中抽了出来。

他借助一份针对铺路机和自卸车的报价忘掉了他们。可后来又想起了他们，于是他慢慢把正在读的卷宗移开，点燃香烟，试图尽可能不多移动身子。他听到一阵毫无激情的声音，还听到一声没有答复的笑声。风吹过，木头吱吱嘎嘎，狗吠一声，这些微小的声音有助于他衡量事物的远近，感受静谧的沉重。

他们和我一样疯，他心想。他把头向后仰去，在寒冷的空气中保持那个姿势不动，他双眼外凸，小嘴轻蔑地歪扭着，好衔住香烟。他就像是在监听一样，好像看到了遥远的、许多年前的自己，肥胖，像是着了魔，一大早就扎进一间不真实的废弃办公室里，拿着幸免于难的轮船的故事阅读取乐，幻想自己能赚成百上千万比索。他仿佛看到三十年前的自己在一群女人和朋友面前半开玩笑般地大声畅想未来的样子，那时的他们（他和一些灰头土脸的小伙子，他和一些嘻嘻哈哈的女人）觉得世界是不会发生什么变化的，他们的畅想也总是停留在满是希望、金钱的完美氛围中。仿佛他正在创造

出一个压根不可能存在的拉尔森，仿佛他能够用手指指着他，把他拨回到正路上来。

有那么几秒钟，他能够看到自己停留在了时间长河中某个独一无二的位置上。某个年龄，在某个地点，带着某段过往。就好像他刚刚死去，剩下的一切只不过成了些回忆、经验、诡计和苍白的好奇心。

他们和我一样善于演戏。他们嘲笑老头子，嘲笑我，嘲笑那三千万比索。他们甚至不相信这里现在是或者一直就是座造船厂。他们以良好的教养忍受着老头子、我、文件、办公楼和这条河，由着我们给他们讲述关于来往船只、两百名正在干活的工人、股东大会、发行债券、在证券交易所的黑板上画下股票高低起伏的走势图的故事。我发现了，他们甚至连自己正在触碰的东西、正在做的事情都不相信，也不相信钱的数目问题和各种物件的重量和体积问题。但他们每天还是会爬上铁楼梯，玩弄七小时的工作时间，觉得这场游戏要比蜘蛛、老鼠、漏下来的雨水、烂成海绵一般的木头还要更加真实。如果说他们疯了的话，那我必然也是疯子。因为我可以玩我的游戏，也因为我现在就正在孤独地玩这场游戏。可如果他们，其他那些人，陪我一起玩的话，那么游戏就变成某种严肃的事物了，变成真实的东西了。接受这种状况——我玩游戏是因为它只是一场游戏——就意味着接受疯狂。

他醒了，疲惫、虚弱。他把烟吐了出去，站了起来，走去推开了写着"总经理室"的那扇门。他露出笑容，搓着手走到加尔维斯和昆茨的桌子边，俩人正边喝咖啡，边有节奏地晃荡着跷起的那条腿。

"我来一小杯行吗？"拉尔森在给自己倒咖啡前问了一句，"咖啡饭前喝，告别渴与饿。这玩意儿比老式的开胃酒还好。我为那几公里长、没被使用过的轨道感到惋惜。修条双向车道的想法很好。不过，当然了，先得取得许可才行。"

"至少枕木还能用，"加尔维斯说道，"咱们用那些枕木做饭、取暖。"

"总得起点作用才好。"德国人宽慰道。

"可我还是觉得可惜，"拉尔森说道，他把杯子放在桌子上，看了看两人的脸，用手帕擦了擦嘴，"今天下午我不来办公室了。我给你们留五十比索准备晚饭用，去买点东西，咱们聚一聚。"

"别忘了今天可不是周六。"昆茨说道。

"没问题，"加尔维斯说道，"咱们乐和乐和。没什么可担心的。从账簿看，你们还有成千上万比索可以领呢。"

吃完午饭后，他躺到床上，梦到四周的墙壁上满是他见过的人脸，那些面孔有些难为情地露出问询和蔑视的表情，后来他醒了，又一次发现自己——此时身体冰冷，消化不良，有点犯迷糊——仰面躺在床上，听着远处几只动物嚎叫着宣布下午的结束，听着老板的声音从楼下窗户里传出。他找到根香烟，往腿上盖了条毯子，看着天花板上的最后一缕阳光，想起了在农村度过的童年生活，他和所有人一样，也曾享受过慈母的关爱，也曾拥有过天堂般的宁静冬日。他在烟雾中闻到了只有渔民才去的海滩上的尿臊味。每隔七天就会有根管道破裂，粪水就会外溢。老板穿着橡胶靴子，正在给两个女佣和一个小伙子下命令。

他等待着下午六点钟的那一道阳光投到屋顶上。他在镜子前摸了摸胡子拉碴的下巴，用水把头发蘸湿，用三根手指蘸了蘸爽身粉，给脸颊、额头和鼻子做了按摩。打领带时，穿外衣时，从两个香粉盒里挑选出一个来时，他都不想思考。*瞧瞧镜子里盯着我的这位先生啊……*他钻进平静但寒冷的空气中，向前走去，他身体僵硬，趾高气扬但毫无作用地走着，道路向下倾斜，地面潮湿、发黑，被两侧高高的树木挤得很窄。

铁门已经关上了。他看了看窗户里透出的依然泛白的灯光，听到周围寂静无声，只是偶尔有几声狗叫，他拉了三次门铃绳。*我可以冲自己来一枪*，他心中毫无波澜地想道，同情起自己来了。现在已经听不到狗叫声了：有人从夜晚最初投下的蓝色阴影中走了出来，绕过凉亭，沿着砖头小路走了过来。狗气喘吁吁地小跑着跟了过来，冲着铁门和雕像吠叫，时而朝右，时而朝左。光亮在树木顶端渐渐消失。*我还可以……*拉尔森又想道，他耸了耸肩，手在口袋里紧紧地握住香粉盒。

来人是安赫莉卡·伊内斯，而非何塞菲娜，她走近，停住，穿着件白色长衫，腰部紧束，狗在她身边跳来跳去。

"我都放弃等你了。"她说道，"爸爸就要回来了，我们把门关了，因为他不喜欢。何塞菲娜在厨房里。"

57

"我有很多事要做，"拉尔森解释道，"工作太忙了，还去了圣玛利亚一趟，找了点东西，猜猜看我找的是什么？"

她最后打开了铁门，赶走了狗。她在假装找石头吓唬狗的时候开始弯腰笑了起来，后来更是仰面朝天笑，还把一条胳膊伸向拉尔森。她身上有股夏日鲜花的味道。两人逐渐挨近的时候，他们看到凉亭里有一束黄色灯光亮起，夜色加深，两人向凉亭走近，那灯光静止不动，只是越来越亮了。

他们走入略显焦躁的摇曳烛光中。拉尔森有些怀疑地看了看实心大烛台——是个旧玩意儿，没什么光泽，带有野兽和花草的形状——它正压在石桌的中央。*看上去像是犹太人的东西，像是全银的。*

她又弯腰冲着桌子笑，烛火晃来晃去。白色长衫垂到鞋子上，鞋上的卡子闪闪发亮，垂在脖子上和胸前的螺旋形珠子汇聚了蜡烛的光亮。拉尔森摘下帽子，毕恭毕敬，闻了闻潮湿寒冷的空气，停下来把它同那件白色长衫上潮湿寒冷的气息相比较。

"我想给您带个纪念品回来，"他边说着边向前走了一小步，把香粉盒拿了出来，"这不算什么，但可能您会喜欢。"

四方四正，闪闪发光，耀眼夺目，香粉盒衬得蜡烛的光更黄了。女人又笑了，这次笑得像鸟叫，她小声拒绝，却又慢慢伸长胳膊，怀疑，勇敢，直到一把夺走那个金属小盒。狗在远处叫了几声，跑近又跑远，天空突然就变黑了，蜡烛烧得又旺又烈，带着某种报复式的欢乐。

"为了让您记得我，"拉尔森这样说道，并没有再走近，

"为了让您打开它，看看镜子里的自己，那双眼睛，那张嘴巴。可能您一看到自己的样子，就会明白我的生活完全离不开您。"

他的声音时断时续，像是从远方传来的，但却很有说服力，很可能她——看着镜子里那张半张开的嘴，对着香粉盒左右晃动摩擦紧咬的牙齿——在想象某个没有拉尔森的夜晚，某个永远失去了拉尔森的夜晚。但是他为自己的态度、距离感、发软的腿、把帽子捂在肚子上的动作而感到羞愧。他饱受折磨，他明白自己说的是怎样的蠢话，也明白自己无力修正那些失败的表情和动作，只是对自己刚刚说出的那些话语的精确程度感到骄傲。

"很漂亮，很漂亮，"她用两只手把香粉盒搂在怀里，想帮助它抵御寒气侵袭，她挑衅般地盯着拉尔森，"现在它是我的了。"

"是您的了，"拉尔森说道，"为了让您记得我。"他想不到漂亮有用的句子，他接受了故事的结尾就是那个女人抱着镶金盒子与他会面的场景，时间是某个冬日夜晚刚刚降临的时候，七根蜡烛在寒气中燃烧自己，照亮他们。他把帽子放在桌子上，带着谦卑而难过的笑容走近她。

"如果您明白……"他开始毫无计划地随口胡说起来了。她的腿没动，只是身子向后避了避，肩膀内收，要保护她的香粉盒。

"别！"她喊道，然后立刻开始小声嘀咕着，唱着，像是着了魔，"别，别，别！"可拉尔森刚一碰到她的肩膀，她就任由那份礼物滑落下去，把自己的嘴凑上前来。她的头靠在大烛台的底座旁边，没有抱怨牢骚，只是又哭又笑。何塞菲娜迈着小碎步的脚步声和说话声传来，再加上狗的喘息声，让他们吓了一跳，赶忙直起身子来。

她的眼珠子转了转，想要再多哭一小会儿。她的袖子蹭到了火苗，拉尔森赶忙伸手拦住。她在地上摸索着找香粉盒的时候，汗毛烤焦的味道飘了上来。

何塞菲娜在暗夜中越走越近了，边走边在给狗许诺着什么。拉尔森抓起帽子，吻了下安赫莉卡·伊内斯的额头。

"在最美的梦里我都没能梦到过这个时刻。"他饱含深情地撒着谎。

他把头缩进衣领和帕巾里，在夜色中向着小屋走去的时候，完全无法因这场胜利而感到喜悦，他甚至无法把它看作胜利。他觉得自己贫穷而犹疑，无力吹嘘炫耀，就好像他在闪烁的金色菱形珠光中亲吻了安赫莉卡·伊内斯的事情是假的，又或者实际上他吻的并不是一个女人，再或者吻她的人并不是他。

从很多年前开始，利用女人为自己开路就成了必不可少的仪式、必须完成的任务，尽管有时他也的确能从中得到乐趣。他把这种事情做了一遍又一遍，没有顾虑，没出问题，就像老板付工资那么简单。履行自己的义务，确保别人按计行事。不过哪怕是在最让人伤感、最费劲的那些例子里，他也总能从那种爱意里感受到登顶般的自豪。有些时候，在早晨见面时，朋友们一看到拉尔森的女人到来就会故作沉默，假装对她毫无兴趣，虽然没有困意也故意哈欠连连，这时拉尔森就不得不抛开脸面，笑脸相迎，朋友们于是也就努力对抗沉默，最后笨拙地抛出一句临时想起或编出的话来："把她扯进来可是个问题哇"，哪怕在那种时候拉尔森也没有过此时的感觉。

现在不一样了。现在他的心里已经没有容得下骄傲或羞愧的地方了，他的心空了，和他的记忆分离了。造船厂尽头的大厚砖墙消失在他的左手边时，他用力吐了口痰。他看到了篝火炙热的光芒，看到自己的身影反射在厂棚的铁皮上。他在拐弯时调整了一下表情，一阵安静而冰冷的风带来了音乐声、枝条燃烧的声音和烤肉的香味，他转了个弯，又吐了口痰。

所有女人都是疯子，他心里这么想着，感觉轻松了一些。

他头晕目眩地向前走着，打量着歪歪扭扭陷在烂泥里的砖头，他昂着头，从黑影中逐渐走向篝火，脸上殷勤和欢乐的表情也越来越浓。他迎向聚会，他是为此付过钱的。

"同事们，晚上好"他们发现他时他这样喊了一句。他从众人的招呼声中穿过，摸了摸两条狗的嘴和鼻子。

吃完饭后他独自和那个女人在小屋里待了一会儿。他怀着和摸狗时同样的思念及悔意把那个香粉盒递给了她。他只说了一句话："为了让您记得我，为了让您打开它，看看镜子里的自己。"

她头发散乱，肤色发黑，显得有些孤僻，她还是穿着那件男士大衣，扣子全扣上了，到了下巴下面的位置还用根巨大的别针别上了，因为隆起的大肚子显得整个人都变了形，不过她那泛着油光的脸上却透着股聪明劲儿。没什么用，也无法描述，她冷漠地抱怨着，又自嘲般地笑了起来，耐心又温柔地盯着他，就好像拉尔森成了她的父亲或兄长，虽说有点来无踪去无影，但骨子里是个善于忍耐的好人。

"谢谢，很漂亮。"她说道。她打开香粉盒，看了看镜子里自己的小鼻子。"我会用得上的……您送我这个有点滑稽。不过挺好的，不要紧。要是您提前问我的话，我会说我什么都不想要，不过我觉得事后我会请您送我个跟这个类似的香粉盒。"她把它拿到耳朵边合上，好听弹簧发出的响声，然后又对着亮光晃了晃金色的小盒，盒盖上有个心形的盾牌，她把香粉盒收到了大衣兜里。"煮咖啡的水应该好了。您想来一杯吗？还是说您想让我吻一下？"

她自然而然地问了出来，既不偷摸遮掩，也没带着怒意。拉尔森点燃香烟，冲她露出欣喜的笑容。他回味了一会儿才绝望而克制地想道：*她才算得上是真正的女人。要是洗个澡，换身衣服，再化化妆……如果我能早遇到她几年的话……*他有些陶醉，有些忧伤。

"不用了，谢谢，太太，我什么都不要。"

"那就到外面去和他们聊聊吧，我给你们把咖啡送过去。"

他抬了抬肩膀，从小屋走了出去，屋里的气息立刻变成了寒气，他像是获得了一场复杂但无用的胜利，这是他那天晚上第二次有那种感觉了。他们在篝火边喝着咖啡，也在继

62

续喝着小口大肚瓶里的葡萄酒，他们聊政治、足球和别人做的那些好生意。女人和两条狗都已经在小屋里睡了，加尔维斯伸了个懒腰，露出笑容。

"也许您不信，"他说了一句，飞快地瞅了昆茨一眼，"只要我想，我可以随时把老佩特鲁斯送进监狱。"

拉尔森弯腰用炭火点烟，同时冷冷地问道："可是您为什么要把他送进监狱呢？哪怕您能那么做，又能得到什么好处呢？"

"没什么，"德国人和缓地说道，"就是随口一说的事儿。"

拉尔森坐在他的位子上一动不动，冷漠地叼着烟，等待着。昆茨咳了一声，一条狗跑了出来，舔了口烤肉架上的油，小心翼翼地把一根骨头咬得咔咔作响。一只公鸡在远处啼叫，真正的夜临近了，此时拉尔森瞥见加尔维斯对着天空露出了大大的笑容。

"您不相信，"加尔维斯难过地说道，*他不是在笑，他既不高兴，也不是在嘲讽我，他生来就是这个样子，嘴巴咧开，牙齿紧闭，*"但是我做得到。"

拉尔森想要回想起自己在何时何地，曾听谁用平静的口吻说出过同样带着纯正恨意和霸气的话，但没想起来。毫无疑问是个女人说的，是在威胁他或威胁他的某个朋友，说她一定会毫不留情地进行报复。

加尔维斯继续对着天空笑。拉尔森吐掉香烟，三人一起望着冬日夜晚黑色的天空，望着银河，望着那些四下散落、想要有个名字的孤单的星。

八

造船厂之三·小屋之三

第二天上午十点钟，昆茨敲了敲总经理室的门，像是受了惊吓一般走了进来，他笑着，一颗金牙暴露在了室内的光线下。（是一种死气沉沉的灰色的光，是一种在穿越厚而冷的积雨云后降临到这个房间中的垂头丧气的光。天气变糟了，冷漠的风透过楼房的各个孔洞呼啸着钻了进来。）

拉尔森的头在成堆的卷宗间抬了起来，毫不友好地嗅闻着嘲讽、游戏、欺骗和绝望的气息。

"向您汇报！"昆茨说了一句，他微微弯腰，用破了洞的鞋跟猛地撞击另一只脚的鞋跟，"管理员先生想要和总经理先生会面。请求您的允许。管理员先生认为对某些流言的真相进行汇报的条件已充分，汇报，这是个合适的字眼！"

拉尔森缩了缩嘴巴和肩膀，盯着他。沉默，怨恨，忧伤。已经褪色的红围巾在昆茨的脖子上绕了两圈，从围巾里冒出来的那颗头发浓密的脑袋看上去既不像是喝醉了酒，也不像是在挑衅。只不过他艰难背诵出的那段话对拉尔森起不到什么作用，如今没有什么比后者那静止而深邃的眼神更加悲伤的东西了。

"请他进来吧，"拉尔森说道，他无力地冲着昆茨露出了牙齿，"我办公室的大门始终是敞开的。"

德国人默默点了点头，转过身走了出去。拉尔森一直在做戏，希望、精力和暴怒使他发抖，仿佛重新变得年轻了，他把左轮手枪从胳膊底下抽走，塞进了顶在肚子上、半开着的抽屉里。风在跌落在地上的纸页间簌簌拂过，盘旋成小小的旋风升到高高的屋顶上。加尔维斯敲了下门，他那固定不变的笑脸慢慢靠近，看上去他也没有挑衅的意思，他一直走到写字桌前。他的颧骨更大、更老、更黄。

"技术经理先生跟我说……"拉尔森开始低声说着，但是另外那位冲他伸出了摊开的手掌，他的笑容更明显了，他轻柔地把一张绿色的旧卡片纸放在桌子上，好像那张纸是他历尽艰辛得来的胜利证明。

拉尔森迷惑地看着那张边缘皱皱巴巴的纸，读道：赫雷米亚斯·佩特鲁斯股份有限公司，批准发行，一万比索，董事长，秘书，股票持有人所有。

"也就是说您有价值一万比索的股票……"

"有点儿奇怪，是吧？一万比索。还记得我昨晚对您说可以把那家伙送进监狱的事儿吧？"

此时他笑出声来了，噗的一声，就像是踩爆了一只蟑螂。

"记得。"拉尔森说道。

"现在您明白了吧？"

"这两件事有什么联系吗？"

"这玩意儿是假的，是他伪造的，这张是假的，我不知道还有多少张同样的东西，但至少我手里这张是假的，而且还有他的签名。您瞧，赫·佩特鲁斯。公司发行过两批证券，第一批，还有扩大资本时的一批，可这张不属于任何一批。他签了名，卖了很多这种东西。"

他指着签名的那根手指透着陈年奶酪的颜色。他一把抓走了桌子上的那张卡片纸。

"好吧，"拉尔森高兴但疲惫地说道，"您得有十足把握才行，您是明白其中的利害关系的。伪造证券。老佩特鲁斯。您可以把他送进监狱，而且初步看来，法院会判他几年监禁。"

"只是这样？"加尔维斯又笑了，他拍拍存放卡片纸的口袋，"他再也出不来了。他欠的钱到死也还不上。"

"太丢人了，"拉尔森盯着一扇窗户说道，"得卖点东西筹钱买些玻璃，得把窟窿堵上啊。"

"是啊，到了冬天可确实不好过，"加尔维斯带着最微小而无生气的笑容转身迎向这个下雨的早晨，"我们变卖仓库里的东西，每个月卖两千比索，昆茨和我对半分。德国人不敢邀请您入伙，但我不想让您觉得我们不把这事告诉您是因为自私。"

"可我们又有什么办法呢？"加尔维斯看着窗玻璃上的三角形破洞继续说道，他面色苍白，更显苍老，咧开的嘴角处湿润、颤抖，"卖两千是卖，卖三千也是卖。仓库里的东西够卖上一年或两年的。"

他思考的是如何度日的问题。

"谢了，"拉尔森说道，"好吧，您的确可以把他送进监狱，但对咱们有什么好处呢？"

"您别觉得他进了监狱咱们就全完了，"加尔维斯说道，"觉得咱们会被要求二十四小时内离开此地。这种事情不会发生。我要是那么做了的话，就是因为那个老家伙活该这样完蛋。您不了解内情。"

"对，"拉尔森点了点头，做沉思状，"我不了解内情。也许那样更好，也许更糟。您想做什么就做什么吧。"

"感谢，"加尔维斯说道，他的笑容又灿烂了起来，"感谢您给我许可。"

拉尔森再次把左轮手枪收在怀里，他极度小心，有点恶心，有点难过，就像面临着把自己弄伤的危险一样，最后他离开了座椅。此时从窗户破洞钻入的风夹杂上了冰冷的细雨，雨水带着微小的雀跃情绪在散在桌面上、关于电镀问题的报告的丝质纸页上跳跃。拉尔森显得有些疑心重重，他嘟起嘴，轻轻发出类似电报的响声，又眯起眼睛，想看看自己能读到多远的字。"造船厂和修船厂找到了一个得力的助手，可以用电镀手段解决许多问题。最好的防锈漆也无法完全保护钢和铁在同外界环境接触时免受电化学腐蚀的影响，给铁或钢上镀锌才是抗腐蚀的唯一真实有效的手段，因为它可以阻隔电解质，避免电化学腐蚀。"

他不担心生活过得艰辛，也不担心在意的东西远离他。

他张着嘴，嘴边有个冷却了的口水泡沫，他能感受到下巴上堆积的脂肪，他觉得很痛苦，因为如今他真的已经不再在乎那些事情了，因为他本能地排斥那些行为，更不用说去费心安排、维持那些事了。至少每个月有了一千比索的固定收入，直到我插手其中，教会他们俩怎样在不把事情搞砸也不吃老本的前提下搞到更多钱为止。这没什么问题。不过，他给我讲了伪造证券的事情，我觉得那个家伙不知道从什么时候开始就一直把那件物证藏在贴身衣物里睡觉了，这和一个孩子拿着把上了膛的手枪没什么两样，这事吓得我出了一身冷汗，说我偷懒也罢，我真的什么想法也没有，我真的不知道自己该选哪边才好。

他慢慢把头向前伸出，表情冷漠，几乎显得有些无辜，享受独自做坏事的快感，却又迷惑地怀疑继续当拉尔森的这个经过深思熟虑的决定是否正确，跟如今正在演戏的拉尔森比起来，当时的他要幼稚无数倍。他能从更远的地方看清纸上的字，他的肚子顶在写字桌上，眼睛几乎要闭起来了："我们可以根据客户的不同需求提供最多样化的材料：高碳钢、不锈钢、铜、磷、防摩擦巴比特合金。"

几滴雨水滴打在他的脸颊上。他站了起来，听着寒风遮蔽的静寂声：他捡起散落的文件纸，听到自己一遍又一遍地哼唱一首带着平和而欢乐的痴狂的探戈，那首歌只有三句歌词，不过已经足够了。走到门口时，他把帽子往一侧拉了拉，觉得自己忘记了什么：他想笑，想体验只有真正朋友能带来的亲密感，想做点没人能找到诱因的残暴行为。

到了中午，拉尔森又开始高傲自大了起来，他在空无一人的巨大办公室里，撇开双腿，敞开大衣，看着加尔维斯和昆茨的桌子、那些还没变成柴火的写字桌、瘪了的卡片箱、让人无法理解的无用废弃机器。风把为保护漏雨的屋顶而贴的黄纸吹得鼓鼓的，旁边还有条破损的排水管道，一条水柱从破损处流出，落在一堆罐头盒上。拉尔森想象着五年或十年之前这间办公室里嘈杂忙碌的景象，有些喜悦，还有些不安，似乎是在用这样一种微小的报复式的举动来谴责自己。

他沿着铁楼梯走入细雨，又穿过泥地，没让住在小屋里的任何人看到他。他慢慢跑着，好像所有事物都是第一次见到，又好像他早已预感到了这一切，而现在只是在一种一见钟情般的陶醉状态中找到它们，加尔维斯的小屋、歪向一侧的操舵室、杂草、水坑、生锈的卡车架子、矮墙残垣、链条、锚、桅杆……只有那些生活悲惨的人才能在下着雨的天空中分辨出那种灰蒙蒙的颜色来，此时的他就准确地认出了那种色调。他看到了那条分开云层和遥远至极、吝啬渗出的光线的细线，就像天空在流脓。此时雨水已经在他的帽子上积了起来。他天真地笑了，但是没改变步伐频率，想要听到最远处拂过河水和树木的风的声音。他挺直身子，夸张地摇摆起来，躲避变了形状、没了名字的铁器，它们像被囚禁般安歇在铁丝网的旋涡中，他走入黑暗，走入遥远的寒气，走入库房。他边走边审视着货架、雨水汇成的细流、沾着尘土和蛛丝的虫穴、依然装出一副庄严气象的黑红色机器。他静静地走，一直走到厂棚尽头，他挪动屁股，坐到了一艘救生筏的边缘上。他看着屋顶的角落——也看着钻进来的风欢快的行进轨迹，看着那些带着滑稽劲儿执拗地发出声响的颜色陈旧的雨水——他心不在焉地摸索寻找香烟，点燃了一根。他可以列举出他并不在意的事情：吸烟、吃饭、穿着、他人的尊重、未来。那个中午，在和加尔维斯会面之后，他在总经理室已经找到了什么，或者也有可能是遗落了什么。都是一回事。

他笑着，幻想着老鼠吞食货架上的螺栓、螺母和钥匙的声音。他笑着，幻想着在佩特鲁斯家躲避寒冬的中午，胖胖的同谋何塞菲娜在布置餐桌，安赫莉卡·伊内斯则挂着亘古不变的笑容，窥视着壁炉里高高的火焰，宠爱着数不过来的一群孩子，神采奕奕、欢天喜地的拉尔森把殷切的目光和动人的低语献给安赫莉卡已故的父亲、他已故的岳父的椭圆形画像：那颗脑袋坚毅、神秘又庄严，留着连鬓胡子，那是掌权者的典范，如今却顺从地被挂在两米高的地方。

他走向库房后门，再次担惊受怕地迅速闯入这场即将下完的雨中，估摸着从河上逐渐飘近的雾气会带来怎样的后果。他走去又走来，踩着烂泥，用脚下传来的杂音取悦自己，努力思考自己的恐惧、怀疑、愚昧、贫穷、堕落和死亡。他又点了根烟，发现了一间木板墙、没有门的废弃办公室。里面有张行军床，还有个箱子，箱子上放着本书，还有个脸盆，脸盆上的搪瓷斑斑点点。那是昆茨的住处。

*新情况：我也从没问过自己那个德国人住在哪里。*他走了进去，坐到行军床上，缩着身子，头冲着门抬高，烟放在

离肚子很近的地方，态度友好而谦逊，即使昆茨突然回来也势必不会生气。*所谓不幸，就是这样。他想道。不是坏运气缠身，久久不散，可终将离去，而是不幸，古老、冰冷、阴森的不幸。不幸可不是那种来了又去的东西，它完全不同，它和发生的事情之间全无联系，尽管它会借助那些事情把自己展现给我们。有时不幸就是会现身出来。这次就是这样，我不知道它是从什么时候开始现出身形的。我转来转去，不想知道真相，却用一场当总经理的梦、一场三千万比索的梦和一场凉亭中无声发笑的嘴巴的梦养肥了它。现在，我做的每一件事都会使它对我的摧残加剧。现在唯一能做的恰恰正是不停地做事情，一件接一件地做，没有利益，没有意义，就像是一个人（或者许多人，一件事对应一个人）付钱给另一个人让他做事，后者只需要以可行的最好方式把事儿做成就行，而不必担心所做事情的最终后果。做完一件，再做一件，然后又做一件，都是在替别人做事儿，不在乎结果好坏，也不在意那些都是些什么事儿。一直就是如此。这比敲敲木头或祷告一番要更有效。当不幸发现自己不起作用的时候，它就会开始干涸、脱落、坠下。*

　　他迎着从发黑的香蕉树上落下的最后几滴雨水走了出去。他走到加尔维斯的小屋门前，敲了敲门，那个女人来给他开了门，她的身后没有任何动静——只有几声狗的牢骚般的叫声和从收音机里传来的狐狸[1]的叫声，显得孤单、遥远、

1　原文为英文。

毫无意义——他骄傲地说了句"叨扰了",然后陪在她身边走进屋里,却没有看她,热气涌来,他在男人们的问候声中迎上前去。他拉过一条长凳,坐了下来,把帽子放在干干的土地上,用短小快捷而具有说服力的笑容回应了加尔维斯过度夸张的笑容。

"您吃过饭了吗?"女人说道,"家里没什么吃的了。您想吃点儿什么吗?没剩什么饭了,不过我可以去给您做点儿。"

"谢谢,要是你们吃的是烩菜的话……"拉尔森盯着盘子说道,"或许可以给我一碗肉汤或清汤。"

"我给您烤块牛排吧。"女人说道。

"挂着的肉还有。"昆茨补充了一句。

"不用了,谢谢,"拉尔森坚持道,"谢谢,太太。要是能来碗热乎的肉汤我真的会非常感激的,那就算帮了我大忙啦。"

他觉得自己表现得有些过于谦卑了。加尔维斯专注而嘲讽地盯着他。那个女人从桌子上撤走了些东西,把帽子从地上捡了起来。他感觉到她在自己身后,离他的肩膀很近,面对噼啪作响的火焰陷入思考,决定不开口说话。

"咱们没酒了,晚上才能搞到,"昆茨说道,"您愿意喝甘蔗酒吗?甘蔗酒倒是还有几瓶。太难喝了,总是喝不完。"

"我还是先喝清汤吧,或者先喝肉汤。"拉尔森答道。

女人没有说话。

一阵风在小屋周围呼啸着绕了两圈。炉子里的火焰颤抖着歪倒下去。昆茨抱着胳膊,把手搭在肩膀上。

"您到哪儿去了？"昆茨问道，"我们想着您是不是去见佩特鲁斯去了。"

"佩特鲁斯先生。堂赫雷米亚斯。"加尔维斯补充道。

拉尔森露出微笑，加尔维斯在盘子里把烟熄灭。此时风呼啸着盘旋到了小屋顶上。他们沉默不语，距离感、沉重感、乌云密布的感觉让他们觉得压抑。那个女人往桌子上端了盘汤，把两条狗从拉尔森的腿边赶走了。

"失礼了。"拉尔森说了一句，开始用勺子喝了起来。他的对面坐着那两个警惕的男人，身后是呻吟的狗和带着敌意的女人。他停了下来，看着木板搭成的角落、闹钟和带着几个绿色长把儿的杯子。"我想感谢各位。不过我也没什么胃口吃饭。随便吃点儿什么热饭都行，我当时就是这么想的，所以我才想到来这儿看看。"

"我们刚才一直在说您肯定到佩特鲁斯的家里去了，"昆茨飞速说道，"不过走鸟老头子您是找不到的。我觉得他得下周才能回来了。"

"好吧，我们不在乎，"加尔维斯笑道，"各位肯定也不希望我撒谎吧。我刚才就说过，您去他家找谁都对我们无关紧要。"

"加尔维斯！"女人在拉尔森身后警告道。

"我们的确是那么想的，抱歉，"昆茨说道，"我们觉得您今天中午肯定去找过老头子了，好让他保持警惕。"

"淋着雨，"加尔维斯补充道，"慢慢走上通往他家的路，告诉老头子说我手里有一张他伪造的证券，这时您肯定已经被雨淋透了。"

"加尔维斯!"女人又在拉尔森的肩膀后面果断重复了一句。

"就是这样,"加尔维斯说道,"您到他家去警告老头子佩特鲁斯或是他的女儿。我就是这么说的,所有人都说有这个可能。"他从双腿中间抓起一个大肚子甘蔗酒瓶,倒满三个酒杯,但是并没有碰杯子,只是听着水声,一如平常咧着泛红的嘴巴,并没有露出牙齿。他的嘴唇并在一起,不过没有在笑,嘴边看上去光光的,好像刚刮过胡子。

"您冒雨去发出警告,可警告什么用也没有。因为老头子佩特鲁斯比我们还清楚这些事,而且清楚得比我们早得多。我们所有人都这么说,先是一个人这么讲,然后另一个也这么说,后来大家都重复着这些话。我补充了一句,我说如果真的发生那种事的话,要是您走上了通向他家的路,浑身湿透,只想着履行您的职责,"每个月二十五号记到他账上的最终确定为六千比索,"去警告他,这样的话可能您反倒是帮了我的忙。也许我希望有人能帮我类似的忙已经有段时间了。"

拉尔森慢慢挪开他面前的空汤盘,点了根烟,缓缓把身子前倾,直到喝到加尔维斯倒满的那杯酒。

"您还想再吃点什么吗?"那个女人问道。

"谢谢,我刚才跟您说了,夫人。我来就是要点热乎饭吃,求点施舍。"

"我想到应该来点新鲜玩意儿提高造船厂的收益,"昆茨说道,几乎盖住了加尔维斯那微弱的笑声,"除了组装或维修轮船之外。"

"例如当海盗或拐卖妇女。"加尔维斯建议道。昆茨举起杯子，转了转眼睛，把脑袋向后仰去。

女人带伤的脏手拿走了拉尔森的盘子。两条狗很安静，也许已经在那张大床上睡着了。风在远处低吼，断断续续，所有人都能听到它钻入钻出的声音，被迫要拿个主意，到底刮去哪里。

"问题就在于要明白我们在罗萨里奥港有没有代理人，"加尔维斯说道，"我们可以把业务扩大两倍，组个领航员队伍，把船都领到造船厂港来。咱们可以买点鸭舌帽，可以严肃地讨论关于斜桅、船首、前桅、梯形帆和后桅的问题。咱们还可以在厂领导办公室的松木桌子上玩海战游戏。"

他离开已经开始解体的柳条椅子，喝着酒，暴露在外的大牙麻木地对着屋顶潮湿的木板。

"从开始下雨起，"昆茨说道，"我们就想着今天下午不去上班了。实际上也没什么急活要做。咱们的这位朋友每天都做记录，而我要计算的预算也可以拖延。我想着您肯定会宽容地准许我们这么做的。咱们就在这儿喝喝酒，听听雨声，聊聊摩根和德雷克[1]。"

"您觉得怎样？"加尔维斯问道。

拉尔森喝完了甘蔗酒，伸长手又倒了一杯。他感到自己

1　指亨利·摩根（Henry Morgan，1653—1688）和弗朗西斯·德雷克（Francis Drake，1540—1596），均为英国知名海盗。

的脸上逐渐出现了懦弱的笑容，他的声音听起来也有气无力。女人从他身边、桌子边和加尔维斯身边走过，脸贴着湿乎乎的玻璃停了下来。她体形宽大，不过还算适度，她轻柔地把身子倾向快要下完的雨。

"现在我更高兴了，"拉尔森说道，他平静地盯着女人的后颈和鬈曲的头发，她的头发更长了，但还是没经过打理，"现在。不是因为那盘汤，我还是得表达谢意，也不是因为甘蔗酒。而是因为你们允许我进屋来，可能有点这个原因吧。我高兴是因为不久之前我还觉得自己是个不幸的人，就好像不幸永远是我的附属品，好像不幸只降临到了我一个人头上，好像它跟我如影随形，而且天知道什么时候是个头。现在我看到不幸从我体内离开了，找别人去了。这么一来，一切就更简单了。生命是一回事，生瘟病又是另一回事了。"他喝了半杯酒，迎着加尔维斯冲他露出的多疑而期待的笑容笑了起来。女人继续背对着他们，低着头，身上的敌意有点不甚清晰了。

"喝甘蔗酒吧，"昆茨说道，"然后听着雨声躺下午睡。还能干什么呢？"

"没错，"拉尔森说道，"现在比以前更好。不过人们总有事情要做，哪怕不知道为何要做。各位想得没错，可能我今天下午就会去他家，跟老头子说伪造证券的事。这是有可能的。"

"您那么做了也没关系，我刚才就对您说过了。"加尔维斯答复道。女人从沾满油污的玻璃和它映出的坏天气边走开，她的一条胳膊垂在加尔维斯和快要散架的椅子旁边，把那张笑眯眯的白皙的脸凑到桌前。

"跟老头子说，或者跟他女儿说。"她嘀咕了一句。

"跟老头子说，或者跟他女儿说。"拉尔森应了一句。

九

造船厂之四·小屋之四

到了某个星期，加尔维斯拒绝到造船厂去，虽说时至今日，已经没人能确切知道那件事发生的具体时刻了，但那事毫无疑问发生过。

加尔维斯缺勤的第一个早上应该是拉尔森真正体验到那个冬天的艰难之处的日子。后来出现的苦难和犹疑也就变得更加易于忍受了。

那天早上，拉尔森快到十点的时候来到造船厂，冲着侧着身子的昆茨打了招呼，后者正伏在绘图桌上检查一本集邮册，打完招呼后，他就不安地走进办公室了。他用一堆文件夹替换掉了之前的另一堆文件夹，想要读到十一点钟。*我只应该操心自己，别的事犯不着。我悲伤地被冻僵在这个写字桌上，被恶劣的天气、坏运气和污垢困住。可我却在操心这雨水淋在了别人身上，无精打采地敲打他们的屋顶。*

他静静地站了起来，走到门跟前，想要窥探一下大厅里的情形。加尔维斯还没来，昆茨则在顶着一扇大窗户喝马黛茶。拉尔森忖度了一番，要是加尔维斯再也不来了，那可就太危险了，它将标志着这段谵妄终结的开端，在这场幻梦中，他，拉尔森，从许多陌生的前任总经理手中接过火炬，承诺在那无法预知的结局显露身形之前会一直举着它。要是加尔维斯决定不再玩这场游戏了，那么昆茨也可能会受到传染。加尔维斯和昆茨，大肚子女人和那两条狗，他们可能会选择不再关注世界，另一个世界，他人的世界。不过他已经这么做了。

他一直等到将近中午的时候，可昆茨还是没靠近总经理室的房门。细雨已停，一块脏脏的云朵停靠在窗户上，显得异常沉重，好像马上要钻进来了，但又耻于钻入。拉尔森推开文件夹，走到窗前，先把一只手伸进雾气中，再把另一只手伸进去。*不能这样*，他不断在心里重复着这句话。就将要发生的这种事情来说，他宁愿它发生在更遥远的往昔，发生在他还年轻的时候。他更想怀着另一种信念去面对这一切。但是人们从来就没得选，只是在事后才会发现当时实际上是能够做出不同选择的。他抚摸着夹在胳膊底下的左轮手枪的扳机，听着让人心生纠结的寂静之声。昆茨推了下椅子，打了个哈欠。

在走回写字桌、把左轮手枪收进半开的抽屉时，他感觉到自己的嘴巴和脸颊在不断收缩。*要是他敢嘲讽我，我就骂他。要是他打我，我就杀了他。*他按了下铃，呼唤技术经理。

"在。"昆茨喊了一声，走进来的时候还在扣大衣扣子。

"您要走了吗？我研究这些文件有点入神，没留意时间。您知道关于坦皮科号官司的情况吗？"

"坦皮科号？我什么也不知道，是陈年往事了吧。"昆茨答道，又打了个哈欠。

"坦皮科号。"拉尔森坚持说道。只是在这时候他才抬眼望向昆茨。他看到了那张圆脸，胡子长了，黑色的头发茂密、坚硬，他手上的毛也很多，扣好了扣子又开始整理领带的黑色领结。"当然了，不是您在厂子里的时候发生的事，不过也和之前那些事同样有趣。它开来的时候情况很糟，也没卸货，桅杆受损。看上去船上载着可燃物品，后来在造船厂里着起火来，就是这家造船厂，再往北一点儿的地方。文件里说船没买保险，或者不是全部货物都买了保险，"他随便打开一个文件夹，假装读了起来，屋顶一声呻吟，雨又下了起来，"那么，是谁付的钱？谁是责任人？"

他露出宽容慈爱的笑容，就像是在看着一个小孩。

"我从没听说过这事儿，"昆茨答道，"而且我也不太明白。天知道这是多久之前的事了。可能就是场表演，河上燃火那套东西。我也搞不清楚。不过，造船厂肯定不该负责。"

"您确定吗？"

"我觉得无可争议。"

"把事情搞清楚总是好的，"拉尔森向后仰去，红润的手指指甲摩擦着抽屉的边缘，他寻找着昆茨那双深色的小眼睛，"加尔维斯今早没来吗？"

"没来，我没见到他。昨晚我们去跳恰马梅[1]舞了，不过我和他分开的时候他还好着呢。"

"他的病假条送来没？"

"您是问他请假没？外面还下着雨呢。我这就到他家转一圈，"昆茨突然来了兴致，盯着拉尔森，"他没来上班肯定是因为生病了。问题是今天下午我们约了那些俄国人来买卡车，他答应说要来帮忙还价的。"他抬手道别，走到门口时转过身来慢慢打量拉尔森的脸。

"发生什么事了吗？"他低声问道。

"没事。"拉尔森答道。昆茨走后，他深深呼吸了一口。

他没在小屋吃午饭，而是在贝尔格拉诺之家默默吃了块肉，老板从柜台那边问的问题他一个也没回答。下午五点钟的时候他出发去找加尔维斯，一路躲避水坑，此时的他如慈父般宽容、忍耐。

那个女人坐在门前的台阶上，裹在大衣里，一条狗趴在她的膝盖上，另一条狞卧在地上，用嘴和鼻子蹭她的雨鞋。被雨水打湿的脸在雾气中显得无比平和。拉尔森后悔到这儿来了，他开始觉得自己像个闯入者，阴暗，沉重。他碰了下帽子，打了招呼，回想着自己曾经推算过的那个女人的年龄。他们位于一朵云正中央的下方，无话可谈，犹疑不决，没有传来任何可以帮助他们打破困境的声音。

"您这年纪可以当爹女儿了。"拉尔森接受了当下的局

---

1 恰马梅（Chamamé），阿根廷的一种音乐、舞蹈形式。

面，摘下了帽子。

沉默更甚了一点，仿佛已经摆脱了正在啃咬它的边缘地带的那些潺潺声。地上的那条狗颤抖着舒展开身子，摇了下尾巴。女人的手在躺在她腿上的那条狗的胸前抓挠着。她的脖子上围着条粗线条边缘的红色帕巾，帕巾下面的大衣衣领处别着个巨大的别针，把领子并到了一起。她脸上的温柔神情有些模糊：嘴巴厚而苍白，嘴角毫不费力地上挑着；眼睛眯着，却不是在假装看什么东西。拉尔森观察了一下她脚上大大的男鞋，电光色的鞋带系得紧紧的，鞋子上沾着泥土和树叶。

"夫人，"他说道，她的笑容更灿烂了一些，不过她的眼神依旧迷离，此时雾气已经在他们身上凝结成了水珠，"夫人，问题很快就会得到解决了。"

"来吧，"她答道，张开嘴笑了一声，"到屋里去，发发牢骚，或者给他编个漂亮的故事。他钻进被子，看着墙，在自讨麻烦呢。他连装睡都做不到。他倒也没生病。我一直在跟他说，要是您把厂子里的医生派来，发现他没生病，那可就糟了。我给他说你们到时候肯定会把他辞退，到时候我们除了住在木头小屋里、船的操舵室里、小狗屋里之外就别无他法了。您进去吧，碰碰运气。也许他已经死了，也许他愿意跟您说话。对了，屋里还有瓶酒。"

拉尔森被寒气和潮气搞得有些心烦意乱，他找不到合适的话语来跟那个女人解释他有多么喜欢她，对她说他总有种奇怪的感觉，就好像他们两人是失散多年、互不相识的兄妹一样。他戴上帽子，走向那个女人，像是在完成某个命令，身子有点弯，好像是在道歉一般。

她走开了，拉尔森小心翼翼地走上好像带篷马车的踏板一样的三级台阶，它们被用一条铁链和小屋一侧无用地固定在一起。他走进灰黑色的小屋，毫不费力地转向床铺所在的角落。

那个男人面朝木板墙躺着。可以听到他的呼吸声，可以肯定他正睁着眼睛。

"情况如何？"拉尔森停了一会儿，一语双关地问道。

"您怎么不去见鬼呢？"加尔维斯细声细气地说道。

拉尔森把暴怒情绪控制在他认为适当的范围内。他用脚把一条长凳钩了过来，弯腰坐了下去，同时发现酒瓶就放在桌子上。那瓶酒几乎还是满的，标签上印着葡萄、稻穗和羽毛。他用铁皮罐给自己倒了一点儿，又坐了回去，盯着那条打着补丁的干净被单下面藏着的那个男人的后背。

"您可以再次把我赶走。我不主动走是因为我需要和您聊聊。这种白兰地可真难喝。我可以请您喝点别的。"

他又喝了一口，朝四周看了看。他心想这座小屋也是这场游戏的一部分，他们把它建起来、住在里面，唯一的目的就是让一些无法在造船厂里演出的剧情在这里上演。

"咱们就快熬到头了，我已经获得授权向您透露这个消息了。再忍几天，然后咱们就可以继续发展了。我们不仅会获得法律许可，还能得到必需的资金。成百上千万比索。也许必须修改公司的名字，在佩特鲁斯的名字之外再加上其他人名，或者用其他某个名字而非姓氏把他替换掉。没必要跟他提拖欠工资的事情。新的领导层会承认它们、支付它们。无论是佩特鲁斯还是我都不会接受另外的解决方式。所以说到时候您就可以结清账目了。拿回属于我们的东西，然后有尊严地活着，这是我们应得的。不过真正重要的是那之后我们拿多少工资。还有件事：公司还会给员工盖宿舍楼。当然并不强迫大家住进去，不过毫无疑问住在那里有益无害。我很快就可以给您看设计图。我有佩特鲁斯打的保票。"

佩特鲁斯当然没打过什么保票。拉尔森拥有的只不过是那种令人厌烦的癫狂和他必须忍受并实现的着魔般的念头，他需要不断拉长这段经历。在那又脏又冷的小屋里，面对冷漠的行政经理，他喝着酒，但没喝醉，只是觉得灯光有些让人害怕。除了他确确实实接受下来的那份工作组成的滑稽剧之外，他所拥有的就只不过是寒冬、衰老、无处可去的境地和死亡的可能性了。要是加尔维斯能从床上起来，露出笑容，开始喝酒的话，他愿意付出任何代价。

他不接受失败，只好自言自语了起来，就像在佩特鲁斯家的凉亭里做那一场又一场独白一样。他撒着谎，讲述着他和瓦莱斯警长的会面场景，什么警长把左轮手枪搁在桌子上啊，令人厌烦地吐着唾沫啊，这时加尔维斯伸了伸腿，打着哈欠转过身来。

"您怎么不去见鬼呢？"他再次下了逐客令，"我明天就去上班。"

两人都笑了，但没有太多嘲讽的意味。他们都更喜欢严肃的腔调。后来两人又都陷入了沉默，也都一动不动，想着真相到底如何，就这样保持了很长时间。两条狗刚才愤怒地吼叫了一阵子，但现在已经听不到它们的叫声了。拉尔森抓起酒瓶，慢慢把它放可到桌子上。他没有告别，因为他不觉得此时话语还能起到什么作用。

屋外已是让人惊讶的黑夜，他又小心翼翼地走下那三级台阶，摇摇摆摆地穿过那片荒芜的土地。女人不在，狗也不在。一阵雀跃的风吹冷天空，他确信等到半夜的时候一定能看到星星。

十

圣玛利亚之二

最后一趟途经造船厂港向南驶去的渡船十六点二十分起航，十七点抵达圣玛利亚。

这班渡船和早晨第一班一样慢。由于下雨，船上支起了棚子，它慢慢靠向每一处码头，卸下鸡蛋、酒瓶和信件，再转达问候，靠岸前，有封字迹模糊的信掉进了水里，随着水流高低起伏。尽管天气不好，圣玛利亚城里还亮着灯，但是到了下午五点钟的时候，码头上还是来了很多看热闹的人。他不想在——尤其是在知道自己是漫无目的来到圣玛利亚的情况下，这趟旅程只不过是次毫无意义的停歇，一场空虚的行动——踏上圣玛利亚港的石子路的时候，在走上条条小巷笔直的斜坡的时候，要不停窥视周围是否有惊恐或嘲弄的目光，或者只是单纯被人认出也让他难受；他也不想紧闭嘴巴，准备好吐出酝酿好的辱骂之词；还不想虚伪地把手藏在口袋里，用手指抓挠扳机，不管发生什么事，都要假装生气、继续抓挠下去。

而且，也许我连迪亚斯·格雷都找不到。也许他已经死了，也许他在移民区提着灯等待着某个已经生了很多孩子的女人或是某个粗俗的外国娘们儿找他打胎。他就是个废物。非得是今天，非得赶这么个鬼天气去找他，一方面是出于迷信，我觉得事先完全没有计划的旅行会把厄运之神打个措手不及，另一方面就是他身上的那种我称为"废物"的特质。

所以他走上了泥泞的街道，在风中挺直了身子，用两根手指护住帽子，从造船厂港走到了贝尔格拉诺的旅店。他上楼回到房间，对着镜子端详自己，决定刮刮胡子，换条领带。*那张窄小、平静的面孔老是在我眼前打转，谁知道该跟他说些什么呢。真想换成我去怜悯他，拍拍他的肩膀，说一声"迪亚斯·格雷兄弟"。*

他下楼和老板一起喝苦艾酒，从吧台处看着大厅里的人，大厅中满是烟气、潮气，空气很差。他看见一个老男人和两个年轻人，他们穿着皮大衣和蜡色披风。他们坐在靠窗的位置，正在喝白葡萄酒。其中一个小伙子有规律地张开嘴巴，露出牙齿。他用前臂擦净玻璃上的水汽，每擦一下就冲着他的朋友们笑笑，也冲着起了风的灰色黄昏笑笑。

"这鬼天气，他们能钓到什么鱼呢？"拉尔森同情地说道。

"不一定，"老板说道，"得看水流。有时候水浑了，他们也就懒得捞鱼了。"

挂得很高的时钟表盘上潦草地涂画着开胃酒广告，已经四点半了，拉尔森拍了下前额，把手指摊开放在吧台上。

"嗯?"老板拿着张餐巾纸,挺直身子,"忘了什么事了吗?"

拉尔森摇了会儿头,然后无所畏惧地笑了。

"也没什么。今晚我在圣玛利亚有个非常重要的会议。最后一趟船刚刚开走了。行吧,就只是场有点重要的会罢了。"

"啊,"老板说道,"我知道了。何塞菲娜中午来过了,她很信任我,她给我说堂赫雷米亚斯今晚会去圣玛利亚。半夜的时候去。"

"没错,"拉尔森确认道,"现在无计可施了。咱们再喝一杯?"

"最后一趟船四点二十开走了。有人抱怨过,但之前每周只有一趟船,后来才改成了两趟。调整成两班的时候,我们还在这儿搞了次庆祝活动呢,"他往两个酒杯里倒满酒,显得不慌不忙,甚至有种克制的喜悦,"谁知道呢。我先失陪一下。"他举起自己的杯子,喝了一口,走过去跟那几个渔夫坐到了一起。

拉尔森独自一人留在吧台边,转头看向暴雨云和那条河,看向那种腐烂味、从地底深处挖出来的东西的味道和贝尔格拉诺旅店大厅里弥漫的那些已经逝去的记忆的模糊源头,他想到了自己的人生,想到了一些女人,想到了穿过香蕉树光秃的树枝、在造船厂渗出那巨大的狗屋上空盘旋的风吼声。举个例子,现在,当一切都开始趋向终结的时候,凉亭里那个喜欢笑的疯女人和这个身上穿着用别针钩着的男士大衣的可笑鬼,她们都是同一个女人,没什么区别。从来就没有什么各种各样的女人．有的只是同一个不断重复出现的女人，而且总以同样的方式重复。可能的方式很少，她们无法俘获毫无防备的我。所以说这一切，从在郊区舞厅里跳第一场舞到最后，我都觉得不苦不累，就像在沿着下坡走路一样，我也不必花费什么，只需要付出时间和耐心就够了。

老板露出笑容，用大拇指钩住空杯子，回到吧台。

"再来一杯？"

"不用了，谢谢，"拉尔森说道，"这个量刚好。"

"随您，"老板用脏纸巾在干木头桌面上擦了下，实际起不到什么作用，"还是有办法到圣玛利亚去的。要是今晚您同佩特鲁斯先生的会面真的那么重要的话，至少我是这么认为的……不过不是那么舒服，可咱们也没有别的选择了。那几位朋友是从明格斯港来的，在恩杜罗再往南去一点儿，在入海口那儿。"

"我知道那里。"拉尔森不动声色地说道，头也没动，香烟挂在一侧嘴角。

"您要是愿意的话……我去给他们说，他们刚才表示愿意把您捎到圣玛利亚去。他们可以到那儿跳会儿舞，不过他们的船上没有防水棚。您看看合适不。不收钱。"

拉尔森笑了，还是没转身，那三个男人看着他，羞怯地点了点头，他并没回应。

"帆船吗？"

"带发动机，"老板说道，"劳拉号，你应该见过那条船。不过当然了，要是您不需要的话，他们也就没必要浪费燃料了。”

“很感谢，”拉尔森低声说道，“几点出发呢？”

“立刻出发，他们这就要走了。”

“非常好。能借我五十比索吗？您愿意而且可以的话，我周一还您。周一咱们把账算清。”

老板打开抽屉，轻轻在吧台上放了张绿色钞票。拉尔森点了点头，慢慢用两根手指把它夹了起来。他不慌不忙，放轻脚步，减小此事的重要性，手揣在大衣口袋里，几乎燃尽的香烟还被他叼在露出兄弟般和善笑意的嘴巴上，他朝着那三个渔夫走了过去，他们站了起来，点头笑着。拉尔森的圣玛利亚之旅就这样开始了。

哈根，广场拐角处加油站的加油工，觉得自己认出他来了。应该就是那同一天晚上。当时下着雨，自从拉尔森定居在造船厂港后，没有证据表明他还去过圣玛利亚，就只有最后那次和这一次，而这次更让人迷惑，人们对此有诸多猜想。

“我觉得从走路的样子看，那人就是他。当时周围几乎一片漆黑，再加上雨水也有干扰。我本来也见不着他，或者说我本来也没机会觉得自己看到了他，都是因为当时有辆从阿尔帕加塔斯开来的卡车来加油，那辆车本来下午就该来了。那辆车开始鸣笛，直到把我从‘新意大利’酒吧扰出来为止，我们开始骂那个司机，跟他说‘能不能别按了’，就在我把油管举在空中的时候，我看到像他的那个人沿着街角走了过来。我已经对您说过了，当时雨又下了起来，灯光只能说是聊胜于无。他被雨淋透了，看上去更老了，我的意思是如果那人是他的话，和以前比起来，他现在走路时更更加依靠上肢力量的辅助了，他低着头，黑色的帽子冲着前方。后来就更不可能辨识出他的长相了，因为雨水开始朝他迎面打去。我觉得就是他。大家都说他现在住在首都，我可以向您保证他不是坐中午或下午的船来的，如果他是坐五点或七点的火车来的话，我不可能不知道。当时我俩之间的距离不到半条街，不过光线不够，雨又太大，拐角那边还在施工，说是要把墙面截去一侧，装个展示橡胶轮胎的玻璃橱柜，就好像这种玩意儿还不够多似的，后来医生的车挡在了我和他之间，他肯定走进医生家的门厅了。我不可能搞错，因为那块铜牌反射着路灯的光，虽说他们把那块牌子挂上去后可能就没擦过。既然他是从那个拐角拐过来的，那么他就不是从码头或者火车站来。我俩之间就隔了半条街，还不到。我一直观察着他，当然我刚才也说了，当时环境条件并不好。不过我觉得就是他，发誓倒也不必了，他那种小心谨慎的小碎步太好认了，现在倒不像以前那样健步如飞了，还有摆臂的动作和袖子里露出来的四分之一个拳头里蕴含的那种讲不清楚的东西。后来我又想，不过只是想着玩，我强迫自己相信在那么冷的下雨天，正常人都会把手揣在兜里走路吧，可他没有，如果我说的他就是那个人的话。"

哈根怀疑自己看到拉尔森的时刻正是迪亚斯·格雷医生在冷漠地进行完晚餐时的阅读活动后，独自一人坐在餐桌边思考待会儿该如何入睡的时候：吃点什么药，如何调整呼吸节奏，想点儿什么事情。与此同时，女佣则负责收拾盘子，弄平桌布，把一叠纸牌推到他的面前。也许做出思考的并非他本人，而是某种准时出现的记忆，它从几年前开始就藏身于他的体内了，却又独立于他而存在。他总是给自己来一场毫无目的却能让他重新感受到青春活力的微小挑战，什么也不做，就那么静静而漠然地等待着黎明和清晨的到来，这一晚看上去也是如此。

要是没有病人来找他的话，要是没人迫使他以一种夸张的速度发动他刚买的那辆二手或三手车的话，那个时候就是他往唱片机里放唱片、独自玩牌的时候了。他就那样听着那些连播放顺序都没变过的曲子，他已经把它们全记住了，只要留四分之一的精力去听就行了，他有点激动，在出王牌还是 A 牌之间，在该吃安眠药还是镇静药之间犹豫不决。

固定不变的夜间节目中的每一张唱片，每一个渐渐增强、野心勃勃的音符，每一个失败的尾音，都有明确的意义，它能表达的东西要比所有话语和思想附加到上面的东西都更精准。但是他，迪亚斯·格雷，圣玛利亚的医生，光棍，将近五十岁，快秃顶了，没什么钱，已经习惯了无趣的生活，感到幸福成了可耻的事情，他只能把四分之一的精力投入到音乐中去——那些音乐正是他刻意挑选的，有点出于自我炫耀，也有点出于在每个晚上都看清自己的邪恶欲望，但是要把自己保护在真相和必然的毁灭的边缘。有时候，他还会故意下流地在牙齿间嘘出正在听的音乐，同时骄傲而决绝地调整着手里 7 或 10 两张牌的顺序。

那天晚上，也就是哈根提到的那个晚上，或者其他任何一个晚上，迪亚斯·格雷听到临街正门的门铃声响了。他在桌布上把纸牌洗到了一起，好像想搞乱自己刚才出牌的痕迹，又或是想打断正在播放的唱片的声音。*这个点了，既然没用电话叫我，怕是棘手的情况了，家人肯定绝望了，迫切需要把医生拉去，立刻见到医生、跟医生讲话是种可以让人放松的迷信行为。也许是弗雷塔斯家的人，他活不过一个星期了。那就开点毛地黄贰，因为这是许可使用的药物，和他那几个粗鲁无礼的儿子聊聊亚麻的事，再和他的小儿子谈谈纯种赛马的事。要是他得到早上才过世，我就冲他们露出疲惫、失眠但有耐心的样子，直到太阳升起。*他从餐厅走向诊室，走到前厅时他冲脚步声已经在小楼梯上响起的女人喊道：

"没事，我来接待。"

两米之下，拉尔森站在从来不上锁的大门前，他摘下帽子，摇掉雨水，笑着打了招呼、连道抱歉。

"快上来吧。"迪亚斯·格雷说道。医生走进诊室，没关门，靠在写字桌上等着，听着来人的鞋子上楼梯时留下湿脚印的声音，想要唤醒与那个沙哑的嗓音、扭曲的笑容有关的记忆。

"晚上好，"拉尔森站在门口，脱下刚刚又重新戴上的帽子，"我肯定会把您这儿的地板搞得很脏。"他走了几步，又笑了，这次笑的方式不一样了，既不显得谦逊，又不显得礼貌，他把头歪向一侧肩膀，两只圆圆的、狡黠的眼睛陷在少而深的皱纹之间，"还记得我吗？"

迪亚斯·格雷把所有事都记起来了。他依然靠在写字桌边上一动不动，只是轻咬嘴唇，觉得记忆会让他慢慢充满激情，同时对站在亚麻油地毡上往外淌水的这个男人生出了荒唐的同情感。他紧紧握住拉尔森的手，把另一只手搭在了他沾满冰冷雨水的肩膀上。

"为什么不把大衣脱了，坐下来呢？我这儿有个电暖气。您想让我把它搬过来吗？"他觉得自己成了保护人，比拉尔森更加强大，十分无私，而且他不在乎把这一切展示出来。

拉尔森说不用，然后用一只柔软的手脱下大衣，走去把它和帽子一起放在了小床上。

可他之前从没来过这儿啊，他从来没带某个女人过来，让我用窥器探看她们的私处。还是说他曾在使用抗生素之前某个时期的某个午后来过，带着微小的傲气，以朋友对朋友的身份请我把窥器放进她们体内。不过看他走路的方式，似乎对诊室布局了然于胸，就好像这次来访是对之前许多个夜晚的来访的临摹一样。

"医生。"拉尔森假装严肃，寻找着迪亚斯·格雷的眼神，说了一句。

迪亚斯·格雷给他拉过去一把镀铬椅子，自己则走去坐到了写字桌后面。*他左肩再过去一点就是摆着屏风的角落，那里摆着小床，他的大衣正像具死尸一样躺在那里——帽子则压在一张纸的背面上——那里还有书架，雨水再次滴打在窗户上。*

"很久没见到您了。"医生说道。

"好几年了，"拉尔森点了点头，"您抽烟吗？对了，您几乎从不抽烟。"他点燃一根香烟，刚开始感觉有点恼火，因为有什么东西从他身上流失了，因为坐在那张不舒适的金属和皮子组合而成的椅子上、坐在诊室中央，让他觉得孤独，觉得自己毫无遮挡地暴露在了对方面前。"首先，请您理解，这个时候来打扰您，我必须向您道歉。您当年做得很好，您没有义务必须那么做，那事儿本就跟您无关。我得再次向您表示感谢。"

"不用谢，"迪亚斯·格雷慢慢说道，决心尽可能地利用好这个夜晚、这场会面，"我当时只是做了我觉得自己该做的事情，那也是我喜欢做的事情。您知道贝尔格纳神父已经死了吗？"

"我很久之前读到了这个消息。他们后来给他升了职，对吧？我觉得他们给他在省会安排了个职务。"

"没有，他从来就没离开过这里。他不想走。他生病后还是我接诊的。"

"您可能不相信，不过在经历了这么多事之后，我终于承认神父是个伟大的人了。他站在他的立场上办事，我站在我的立场上应对。"

"请等一下，"医生边说着，边站了起来，"您身上都湿透了，喝一杯能舒服些。"

他走去饭厅，回来的时候手里多了瓶甘蔗酒和两个杯子。倒酒时，他听着细细的雨帘在窗户上滑落的声音，再远处是田野的静谧之声。他感受到一阵凉意，想要笑笑，就好像小时候听别人讲故事的感觉一样。

"走私货。"拉尔森举起酒瓶，夸赞道。

"对，应该是，船运来的，"他又坐到写字桌后面去了，再次感到自信了起来，可以冷漠地保护自己了，就好像拉尔森是他的病人，"请等一下。"他又说了一句，与此同时拉尔森则在继续喝酒。医生走到放着工具的玻璃橱柜所在的角落，拔掉电话线，又回到写字桌后的椅子上坐了下来。

"好酒，没加糖。"拉尔森说道。

"您自己添酒。您还想着那件事，想着神父。我也会想，而且我到现在依然认为他和您很像。这种相似性说来话长。而且这些都是陈年往事了。您肯定是有什么事，所以才来找我。我不知道您还待在圣玛利亚。"

"我没待在这儿，医生，"拉尔森往酒杯里倒满酒，说道，"幸运的是身体还不错。我没待在圣玛利亚。请相信我，要不是想拜访您，我肯定不回来。我这就给您解释解释，"他抬起眼睛，刻意摆出微笑时的嘴部表情，"我住在造船厂港，在佩特鲁斯的厂子里工作。他任命我为总经理，我就在那儿待下来了。"

"对。"迪亚斯·格雷谨慎地点了点头，担心对面那人会闭口不言，对这个夜晚想要带给他的东西心怀感激，当然他依然有些心存疑惑。他喝了口酒，笑了，似乎明白了什么、验证了什么。"对，我认识老佩特鲁斯，也认识他女儿。我在造船厂港也有些客户和朋友。"

他又开始喝酒了，以此隐藏他的喜悦，直到他向拉尔森要了根烟为止，尽管实际上写字桌的一个抽屉里放满了烟。他不想瞧不起任何人，尤其是那些让他觉得可笑的人。他突然就高兴了起来，受到了某种不寻常的炙热感、羞愧感和幸福感的驱动，可是这种感觉又似曾相识，因为人们的生活依然荒唐而无用，生活本身也会继续以这样或那样的方式凭空留下些蛛丝马迹，来可人们证实它的荒唐和无用。

"是个责任重大的职务，"迪亚斯·格雷平静地说道，"尤其是在公司身陷困境的当下。佩特鲁斯认识您很久了吗？"

"没有，他不知道我以前的事。在造船厂港没人知道那些事。他和我是偶然认识的，医生。我们在聊天时我还斗胆提到了您的名字。"

"没人问过我什么。"医生又喝了口酒，听了听雨声。他觉得自己的好奇心起来了，不过并不热切，也不对满足好奇心抱有希望。他没再看拉尔森，也没再说话，只是盯着书架上书的书脊。在沉默中，拉尔森清了清嗓子。

"顺便提一下。两件事。我想请教您，医生。我知道我可以对您畅所欲言。"

这个老男人，"收尸人"，有高血压，快要秃了的脑袋油光锃亮，他双腿撇开，圆圆的大肚子坠了下来。

"既然谈到了佩特鲁斯，"迪亚斯·格雷说道，"他在街角的广场酒店过夜。我今天下午刚和他聊过。"

"我已经知道了，医生，"拉尔森笑道，"谁跟您说我不是因此才来见您呢。"

这个男人靠脏女人替他赚的脏钱活了三十年，靠背叛来自卫，不断改头换面，不知道他是何出身，但他确实手段够硬，胆子也够大。他以前以某种方式觉得，现在依然以另一种方式觉得自己生下来不是为了死的，而是为了赢，为了骑到别人头上去。到了此时此刻，他依然在把生活幻想成拥有无限空间、无限时间的土地，觉得自己可以在那里开拓前进、攫取利益。

"您想问什么都可以。不过请等一下。"他走去饭厅，启动唱片机。他虚掩房门，这样音乐声就不会压过雨水声了。

"首先是公司的事，医生。您怎么看？您肯定清楚情况。我是说，佩特鲁斯还有可能打翻身仗吗？"

"圣玛利亚城里的人议论这个事情已经有五年了，人们在酒店里议论，在俱乐部里议论，连喝开胃酒的时候都在议论。我有一些信息。不过您可是亲历者啊，是总经理呢。"

拉尔森的嘴巴又抽动了一下，看着自己的指甲。两个人互相寻觅对方的眼神。现在已经听不到雨声了，音乐的旋律开始填充满整间诊室。河里传来一声短暂慵懒的汽笛声。

"就像在教堂做忏悔似的，"拉尔森亲切而恭敬地点了点头，"我对您就知无不言了。我还没处理具体的管理事务。我现在主要做的是总体研究，我得先把情况研究透，再算一算开销，"他耸了耸肩，以示歉意，"但我感觉一团糟。"

这个男人本该死在离这里至少一百公里远的地方，却回来让自己僵硬的爪子被老佩特鲁斯的蛛网缠住。

"就我所知，"迪亚斯·格雷说道，"毫无希望。之所以还没对造船厂发起清算是因为那么做对谁也没什么好处。主要的股东们老早之前就死心了，把这事儿全忘了。"

"您确定？佩特鲁斯对我说厂子值三千万。"

"对，我知道，他今天下午也这么跟我说了。佩特鲁斯疯了，或者他让自己继续相信这套东西就是为了让自己不变疯。要是进行清算的话，大概能值十万比索，可我知道他私底下欠了不止一百万比索的债。不过他当然可以继续给部长们写信，或者继续亲自去拜访那些人。还得提一嘴，他的年纪已经很大了。您从他那儿领工资吗？"

"到目前为止，没领到过现钱。"

"是不是吧，"迪亚斯·格雷和善地说道，"我也认识佩特鲁斯手下之前的几位经理，他们中的很多位都是在圣玛利亚等船离开的。这个名单可不短啊。而且没有哪两个经理很相似。就好像老佩特鲁斯特意在挑选任命完全不同的人，希望有朝一日找到某个与众不同的得力干将，一个可以忍受饥饿和失望而不选择拍屁股走人的人。"

"也许就是这样的，医生。"

"我亲眼所见。"

（三年当中，赫雷米亚斯·佩特鲁斯股份有限公司可能换了五个或六个总经理、行政经理或技术经理。他们路经圣玛利亚，从流亡地归来，但他们在流放地所感受到的并非单纯远离故土的感觉，或者并非故土，而是他们能获得理解、能确定位置的地方。不过话说回来，这些人差别不大。他们生活贫困，穿着不成套、破破烂烂的衣服，显露出极度悲惨的状态。不过他们都带着些肉眼可见的颓废感，这是他们的共同之处，就像是老佩特鲁斯用他那极具感染力的癫狂给他的小军团配置的军装。许多其他人，也许再有两倍之多，没被看到在圣玛利亚重新与这个充满敌意的有害世界接触，不过这个世界同时也让人信任，允许人们向它发起挑战。他们中有些人在造船厂港登船，随便奔赴什么地方。还有些人经过这座城镇，他们依然满心恐惧，不过那种恐惧很容易被人将之同骄傲混淆，使他们隐去身形，不被人所见。他们差别不大，连眼神也很类似，并不能说他们眼神空洞，只不过之前眼神中蕴含的东西，那些流亡之人在踏上第一块坚实土地后眼神里透露出的那种东西，都已经被掏空了。

　　实际上，所有和他们聊过的人都知道，他们自己也承认，他们是从造船厂港回来的，那里位于河岸边一个不起眼的地方，有德国移民区，周围还有混血种人建立的村落，佩特鲁斯股份有限公司的楼房就立在河边，一个灰色立方体，水泥已经掉渣了，是个被生锈铁器占领的废弃之地。从造船厂港到圣玛利亚坐船只需要几分钟时间，要是某个勇敢或绝望的人在灯火通明的庄园和种满柳树的小山之间的道路上步行前往圣玛利亚的话，大概要用两个小时多一点的时间。在他们回来后，好心的人们听着他们悲伤而激愤的诉说，可是他们的眼神又将自己和这些听者拉远，也正是那种眼神，永远把他们和其他在离去时在这座城市歇脚的不同等级的经理们以及那些未来将要抵达的经理联系到了一起。就是那种眼睛，那种眼神，让人惊讶地闪烁着坚毅但快乐的光芒。经理们回来了。他们感谢自己触摸到的木头、手掌和玻璃，还有那些向他们提问的嘴巴，笑容、同情和震惊。

不过他们眼神中的快乐并非源自从荒芜之地归来的行为，或者说不仅源自于此。他们看着，就好像自己刚获新生，又好像确信被他们渐近抛下的关于死亡的记忆——一种无法用言语或沉默来形容的记忆——已经永远成为了他们灵魂中的一种特质。从那种延伸来看，他们并不是从某个特定的地方回来的。他们归来，却没有在任何地方待过，他们曾经只是身处于绝对孤独之中，存在于一个被欺骗性的象征物塞满的地方：野心、保证、时间、权力。他们归来，神志却并不完全清醒，他们永远没有获得真正的自由，永远都无法彻底摆脱老佩特鲁斯用他的愚昧创造出的那个特殊的地狱。）

此时播放的曲子与兄弟情谊相关，很有些宽慰人心的效果。拉尔森歪着脑袋听着，两只手放在膝盖上，手里还捧着酒杯，他忍耐着，毫不确定这次谈话能有何意义或取得怎样的结果，不过却清楚坚持就是胜利的道理。

"不过您可能不信，医生。我们是不会饿死的。我已经把人们组织起来了，我指的是还在岗的高级员工，没什么可抱怨的了，我本人也并不想走。"

"当然了，也许您正是佩特鲁斯需要的那个人，正是适合做这份工作的人。这事并不可笑，也没那么不可思议，虽说如果换成另一个人来跟我说这些话的话，我肯定会大笑起来。奇怪的是这里没人知道那边的任何情况。"

"造船厂港是座死港，医生。几乎没有船只来往，既没

101

人下船来，也没人登船走。就说今天吧，为了到这儿来，我不得不租下了一条渔船。"他轻蔑地笑了，像是在给自己找理由。新的曲子唱着让人相信和颂扬荒唐的希望之类的话。

"这么说您住在那边，"迪亚斯·格雷突然高兴地说道，"一切都好，一切都秩序井然。就让我畅所欲言吧。我几乎从不喝酒，除了晚上七点钟到酒店里的酒吧喝定量的一点。而且喝酒的总是，或者说几乎总是，同一群人，谈的都是同一些事情。您跟佩特鲁斯。您应该已经预见到了会发生什么事情。我也察觉到了，这可真令我羞愧。生活中从来就没什么可让人惊讶的事情，这您是清楚的。令我们吃惊的所有东西到头来都不过是证实了生活的本质罢了。不过，我们都被错误地教导了，我们自己也要求接受那些错误的指导。也许您不是这样，佩特鲁斯也不是。"他亲切地笑了，给拉尔森放到写字桌上的杯子倒满了酒，然后又慢慢倒满自己的杯子，脸上始终挂着和善的笑容。在寂静中，他听到唱片机响了一声：唱片就剩下一面就播完了，既没下雨，也没刮风。

"这是最后一杯了，医生，"拉尔森请求道，"我今晚还有些很重要的事情要做。您想象不到见到您、和您在这儿聊天我有多么高兴。我一直说迪亚斯·格雷医生是这座城镇里最好的人，我一直就是这么想的。干杯。生活中没有让人吃惊的事，您说得对。至少对于真正的男人来说是这样。我们记得生活的模样，就像……请允许我这么比喻，就像记得一个美女的样子。至于生活的意义，请不要认为我只是随口说说。我明白一些事情。一个人做了些事，但实际上他做不了比他做了的事情更多的事情。或者，可能这么说意思会有点不一样，有些人不总是有得选。可是其他人……"

"其他人也一样，请相信我，"医生耐心地说道，依然保持清楚明了的说话习惯，他在学校学医时就是这样被训练的，这都是为了贫穷的病人们好，"您和他们所有人都一样。所有人都清楚我们的生活方式就是演戏，所有人也都有能力承认这一点，但却不敢说出来，因为每个人都需要保护自己私人的戏。我也一样，这个自然。佩特鲁斯把总经理职务提供给您时是在演戏，您接受那个职务时也是在演戏。这是场游戏，您和他都知道对方也是玩家。但是你们全都闭口不谈，假装什么都不知道。佩特鲁斯需要一个经理来虚张声势，证明造船厂并没有停摆。而您也想把工资积攒起来，等待着有朝一日奇迹发生，问题解决，到时候您就可以把工钱要回来了。我是这么猜想的。"

唱片快放完了，那种旋律指引着人们在出神的状态下接受听到的话，那种认同感是无法在人们心中自发生长起来的。*我不必担心他能不能听懂。我只是突然感觉自己不会再见到他了。我可以对他说这些，其实不是对他，也并非针对他所知道的那件事情，而是针对他之于我的意义而说的。*

"在这方面……您说得对，医生。不过还有些别的东西。"拉尔森笑了，就像是在添加一句公开的祝福话语，又像是在隐藏其他某种东西中最重要的部分：他的疯狂，对于电镀的盘算，维修船体的预算，而那些船可能此时正静静躺在海底，还有他独自一人在废弃厂棚里胡思乱想出来的东西。

他对所有那些东西，对那些他并未经历过的记忆以及造船厂里的那些值得同情的人们都怀有一种被奴役式的、属于男性的爱意。

"肯定有，不然您此时早就去酒店跟佩特鲁斯待在一起了。拉尔森，您说一个人不见得总能选择去做什么。可能有些道理。我现在想的是咱们之前聊的话题，关于生活的意义的话题。错误就在于咱们把生活想成了同一种东西，而没有考虑到生活本身做了些什么。可生活就是一场骗局，它只由我们所有人看到的和了解到的东西组成。但我不可能给自己鼓劲儿，只是这样想：*这玩意儿有明确的意义，生活从来就没有想要把这种意义隐藏起来，而人们却从一开始就用话语和焦虑情绪来愚蠢地对抗这种意义。人们得接受生活的意义，这很重要，证据就隐藏在所有可能性中最让人难以置信的那个可能性里，我指的是我们的死亡，而死亡对于生活而言只是寻常事，是无时无刻不在发生的事情。*"

跳针在安静的氛围中发出了几声抓挠声，噼啪一声响，紧接着再次恢复安静。迪亚斯·格雷感到很空虚、无聊，心里有种模糊的内疚感。

"您说得在理，医生。不过就我而言，我从来不去找复杂的事情做。还有件事我想跟您说，这事儿人们也传了挺久了。"他看着自己沾了水汽、失去光泽的鞋子，把袜子往上拉了拉。

"您认识佩特鲁斯的女儿对吧？安赫莉卡·伊内斯。我们订婚了。"

迪亚斯·格雷欲笑不能，他觉得这次谈话就是一场梦，或者至少是某个想象不来的人排演的一场剧，想以此让他在这个夜晚的几个小时里感受到幸福。他在座位上往后挪了挪，从写字桌桌面上拖过一根香烟。

"安赫莉卡·伊内斯·佩特鲁斯，"他嘀咕道，"我刚才还没什么把握，只是简单提了一嘴：您和佩特鲁斯。我觉得很完美，就第二个步骤来看，进行得很完美。"

"谢谢，医生。现在，该谈点事情了。您知道我想问什么。"拉尔森没带什么希望，也没有让医生相信自己的意思，他只是简单地露出友善的表情，不再盯着自己的鞋子，而是抬起脸来，用自己在五十年人生岁月中能摆出的最天真、不安和真诚的面孔迎向对方。迪亚斯·格雷点了点头，就好像拉尔森的那种令人反感、虚伪做作的表情是一句话。他颤抖地等待着。"当然了，我们是相爱的。我俩几乎算得上是从零开始，这种事经常发生。但我俩是认真的。我这趟旅程最重要的任务就是和您聊聊这个问题，不然我大可以不必冒着雨、坐着渔船前来。我俩可能会要孩子，但我怕这样一来可能会伤害到她。"

"你们打算什么时候完婚？"迪亚斯·格雷热情地问道。

"这也是个问题。您能明白，我不能一直这么耽搁她。我想知道，从您专业的角度来看……"

"好吧，"迪亚斯·格雷说道，他把身子往写字桌凑了凑，打了个哈欠，眼睛里涌满泪水，平静地笑了，"她的情况很奇怪，很不寻常。她疯了，但很可能永远也不会比现在疯得更严重。生孩子就算了吧。她的母亲是失血过多死的，但实际上死的时候也已经疯了。至于老佩特鲁斯，我已经跟您说过了，他一直在装疯卖傻，实际上是不想让自己完全疯掉。很难讲，但我的建议是别要孩子。至于和她共同生活，我觉得您比我更清楚她的情况，您肯定知道能不能受得了她。"

他站了起来，又打了个哈欠。拉尔森迅速收起担心、无辜的表情，往小床走去，拿起大衣和帽子，他走路时膝盖骨响了一下。

现在，轮到广场酒店的招待员给出他的证词了，这是对那个夜晚不完整的重构，也是要赋予其某种重要性或历史性价值的任性行为，还是通过利用那些没人在意也并非不可或缺的事情来掌控、混合、布置陷阱，进而缩短寒冷冬夜的无害游戏。

他承认事情发生在那个冬天里的一个雨夜，一个符合拉尔森特征——他听过很多人描述拉尔森，不过因为那些人情绪不同，给出的描述也就有些互相矛盾的地方——的男人走到柜台前，问他佩特鲁斯先生是否在他们酒店"歇脚"。

"那是个老词，我立刻停止去想西蒙斯的菲士酒，打量了他两遍。现在几乎所有人都说'入住'或'住店'了。移民区有些人、外来人，不是在这里土生土长的人，可能会说'停脚'。可他说的是'歇脚'，他的手揣在大衣兜里，帽子也没摘。他没问候我晚上好，或者是我没听到他的问候。那个老词，再加上他的声音，让我想到了年轻时在郊区的那些街角咖啡馆里度过的日子。想起了些类似的事情。那家伙一开口说话，我就没什么可做的了，当时厅里几乎没人，柜台上也是一样，我当时在用纸巾擦杯子，尽管这不是我该干的活，而且杯子一直都挺干净的。我一直在想着黑人查理·西蒙斯和他调制并命名的那些菲士酒，我觉得他给我的配方肯定是假的，因为我一问他要他就告诉我了，而我调出来的酒尽管颜色很漂亮，可的确非常难喝，而且我从来没当面看到他调酒的过程。他先是在里基酒吧，就是后来改名叫诺内姆酒吧的那家，但没干多久，后来就不知道去哪儿了。我心不在焉地想着这些，在这之前还想着另一件事。就在这时那个男人来了，也许就是您说的那个人，尽管我在他生活在圣玛利亚的时候从没见过他。他个子矮矮的，表现得十分自信，有些发福，有些年纪了，不过看上去他并不觉得自己老。我应该已经跟您说了他走到管理员那儿，就是负责记录和管理钥匙的托比亚斯。但是那个词一说出来，就是问那人是不是在我们酒店住宿时用的'歇脚'这个词，我立刻心中一动，回答了他。我对他说佩特鲁斯的确住在这里，还把房间号告诉了他。我们所有人都知道佩特鲁斯的事，大家一直在谈论这个：老佩特鲁斯病了，或者装病，从早上开始就住进二十五号房间了，那是个套房，本来是给情侣住的，他一整天就要了瓶矿泉水，再没点别的东西，大家都在议论，但是没人知道那个法国人敢不敢问他要账，让他结清这次的钱和之前欠下的钱，足足有好几千比索呢。不是看着他在账单上签字，而是要在有效的支票上签字，从哪家银行取钱我可想象不来，不过……为什么不呢，可能就叫佩特鲁斯银行，或者佩特鲁斯先生和佩特鲁斯小姐银行。就是这样了。他点了点头，跟我道了谢，开始朝着电梯走去。我本来想跟他再说点话，给他说可以先用电话内机打个招呼。不过他把我抛下，还是径直走了过去。他就像人们跟我说的那副模样：总是心事重重的样子，而且还故意夸大那种状态，穿着黑衣服，空空的吧台前本来很安静，他走起路来却偏要尽其所能发出响声，当然走到走廊地毯上之后就没有脚步声了，他弓着腰，就好像胸前挂着什么东西似的。可怜人。我在之前想的那件事情是谁都可能会想到的事。我想着查理·西蒙斯，他是我见过的穿着最好的人。我想着有一次他在用一把长柄勺搅拌菲士酒的时候突发奇想，觉得自己可以把酒调得更好，不用添加什么新东西或更好的材料，就只是把剂量或配料来点儿改动就行，这可能会使他变得有名起来。具体怎么做，我并不清楚，我到现在也还在想这个问题。"

门没锁，所以在黑暗的入口处歪歪扭扭地走了几步之后，拉尔森钻进了亮着灯的卧室里，看见老佩特鲁斯仰面缩在那张双人床四分之一的面积上，手里拿着一支铅笔和一个黑色、带金属环的小本子，本子正被他搁在膝头。他把那张窄小的脸转向拉尔森，没有表现出惊讶或恐惧，只是职业性地露出了询问的表情。

"晚上好，抱歉打扰您。"拉尔森说道。他把手从大衣兜里抽出来，小心翼翼地把帽子挂到了假壁炉的托架上。

"是您啊，先生。"老头子开口说话了。他没把脸移回去，不过却把笔和本子塞到了枕头下面。

"不管怎么说，先生，咱俩还是见到面了。我很害怕……"他快速走上前，伸出手去，直到佩特鲁斯也伸出他那又小又干的手跟他握在一起。

"没错，"佩特鲁斯说道，"请坐，先生。拖把椅子过来。"他看着拉尔森，心里盘算着，摇晃着脑袋，像是想到了什么。

"我希望造船厂里的工作进展顺利。咱们就要胜利了，就是这几天的事。这么说很让人难过，因为在这个时代，只能用'胜利'来称呼公正的判决。有位部长已经向我保证过了。人事方面有什么问题吗？"

拉尔森坐到床上，微微一笑，想以此博得幸运之神的好感，他想到了足足有一个营那么多、早已不来上班的员工，想到了他们可能留下的痕迹，这些痕迹已经说明不了什么问题了。他想到了加尔维斯和昆茨，想到了冲着穿男士大衣的那个女人的大肚子跳来跳去的两条狗，他还想到了某个水坑，窗户上的某个孔洞和某条被取下来悬挂着的铰链。

"没事，先生。最开始出现了一点荒唐的阻力。不过现在，我可以向您保证，造船厂正像一台机器一样有序运转。"

佩特鲁斯笑了，他说这恰恰是他期待的情况，他确信自己在物色人选、委派任务方面绝不会出差错。"我是领航人，而那正是领航人的首要素质。"屋外夜已深，静悄悄的，世界广漠到了令人心生疑惑的程度。

这里有的只不过是盖在毯子下面的病弱身体，尸体般泛黄的头颅靠在竖放的厚枕头上微笑，这里只有这个老人和他的游戏。

"我很高兴，"拉尔森装出相信的样子，平静地说道，"我一直这么认为，我负责处理造船厂的问题，负责监管员工们的表现，负责后方工作，而您……"他喘了口气，似乎心满意足，却在湿漉漉的大衣里面打了个寒战。

"我则冲在前线，先生。正是如此，"老头子高兴地笑道，"不入虎穴，焉得虎子。可如果后方出了问题……"

"正是这种想法激励着我努力工作。"

"所有这些都是我的杰作，"佩特鲁斯说着，一只手滑到枕头下面去摸了一秒那个本子，"在看到一切步入正轨之前我是不会咽气的。这种情况不可能出现。但是您的任务，先生，和我的同样重要。哪怕造船厂只停工了一小时，我该如何在那些政府办事员和暴发户面前捍卫厂子呢？我非常感激您的付出。"

拉尔森露出喜悦、羞涩、感激的表情，点了点头。老佩特鲁斯快速重拾笑容，那张连鬓胡子之间的瘦脸展露出了事先想好的期待、礼貌但不乏严苛的神情。

一个女人和一个男人大声说着话从房门前经过。那个男人轻蔑但十分耐心地否认某事。

"大家都做好准备了，我向您保证，就等您一声令下了。"拉尔森努力说出了这么一句话。

可无论是门外的声音，还是从床脚传来的声音，都没能使那颗轻飘飘地靠在枕头上、像猴子木乃伊一样的脑袋撤开开口发问的想法。

这样一笑，皱纹分布就不均匀了。他不在乎任何事、任

何人，我也不是我，连在今晚占据着造船厂亘古不变的总经理职务的第三十或第四十号人物也不是。我只不过是种怀疑。他一点儿也不怕我。大晚上的，我没敲门就进来了，他之前也没给我说过他今晚要在圣玛利亚过夜。可他更想知道的是我为什么要撒谎，我有怎样的计划和希望。他急不可耐地想知道这些东西。以此取乐。他就是为了这场游戏而生的，从我出生那天起他就已经在玩这场游戏了，他拥有二十年的经验优势。我不是一个人，因此他脸上浮现出的复杂表情也就不是笑容。那是块屏幕，是道命令，是种赢得时间的方式，他以此来度过等待出牌和下注的时间。和以前一样，医生有点疯，但是他说的话都在理。我们只不过是些在玩同一场游戏的人，是在同一个赌桌上赌的人。现在，一切都处于赌博模式。老头子和我想要钱，很多钱，从根本上来看，我们在爱钱方面也很像，因为情况就是如此，衡量男人成功与否的标准就是这样。但是他赌的和我不一样，不光是筹码的体积和高度的问题。首先，尽管他时日不多，而且他对此也心知肚明，可他没我这么绝望。然后，说真的，他还有另一种优势，他唯一在乎的就是这场赌局本身，而不是他能赢得什么东西。我也是这样。他是我的兄长，是我的父亲，我要向他致敬。但我有时候会感到害怕，会不由自主地产生动摇。

从走廊走过的那个女人和那个男人用微弱的、不像人类发出的低语声打破了远处的沉寂。后来最终传来一声门上插销的响声，雨夜变成了快乐呻吟的吸盘，不比回忆更真实，吸在了拉上的百叶窗外的广场上。

他的头虚假地靠在几乎垂直摆放的枕头上，露出惊愕的神情，从极具侵略性的白色连鬓胡须能判断出他的生命还剩多少时日，于是他开始失去耐心了。缺乏信心的拉尔森费劲地摆出信赖的表情，把脸放低，凑了过去。*曾经有那么多个夜晚，在这些窗户底下，我把手放在左轮手枪上，或者放在离左轮手枪很近的地方，用力踩踏地面，冷漠又傲慢，总是毫无意义地挑衅别人。*

他听到河上传来三声低沉、微弱、无力的汽笛声。他摸了摸香烟，没有力气把裹在身上的湿大衣脱下来，大衣散发出悲伤和怯懦的气息，还有股烧酒味和陈旧的发胶味，那是他在理发店里，面对着把他照得无限增多的镜子，被抹到头上的，这些事情似乎有些让人难以置信了，可此时那件大衣却诱导他回想了起来。他突然对所有人都或早或晚会明白的那件事情产生了怀疑：这个世界满是幽灵，只有他自己是活人，沟通是不可能实现的，甚至没人渴求沟通，这一点和憎恨一样让人感觉遗憾，于是，忍耐心中生出的厌恶感、半尊敬半感性地去参与这场游戏就成了唯一能要求人们做的事情了，也是你唯一能做的事情。

"好的，先生。"佩特鲁斯平静地说道，或者只是佩特鲁斯平静的声音传了过来。拉尔森道了歉，他简短地解释说他来这儿找佩特鲁斯纯粹是受到忠诚感、雄心壮志和对赫雷米亚斯·佩特鲁斯难以自控的认同感的驱动。他没有罗列，而是简单地总结了——用预想式而非决断式的外行的谦逊口吻——伪造证券的风险，还露出了沉思而恐惧的神色。他说加尔维斯在荒唐又挑衅般地酒醉之后给他亮出了那张伪造的证券，毫无疑问他还会继续小心谨慎地玩同一套把戏，而且依然会绝望而不负责任地威胁在某个任性的时刻给这个世界画上句号。

也许已经晚了。当然可以使用暴力，而他，拉尔森，显然能够保证使用暴力的效果。但那张绿色的纸，边缘画着些圆环，统一标注着数目，下方右侧带有佩特鲁斯局促、快速、无可否认的签名，只怕不是被伪造出、正在它不该在的地方流通的唯一一张证券。这样一来，暴力就没用了，甚至适得其反，先生。

赫雷米亚斯·佩特鲁斯闭着眼睛听他说了这些，或者是在听他讲述的过程中的某个时刻闭上眼睛的，拉尔森很遗憾自己没能发觉是哪个时刻。他依然静止不动地靠在枕头上，组成那具躯体的只不过是颗不知羞耻、虚情假意的脑袋、孩童般的胸腔、发育不良的双腿和像是用旧纸张和电缆拼接而成的双手，它被盖在毯子下，平平的，仿佛没有任何起伏。露在外面的就只有那颗盲目而冷漠的脑袋，那似乎是他为了吓唬枕头而特意准备的面具。风不想靠近，它吹净河面上方的天空，它拉长身子，带着怪癖般的毅力刮了回来，好像在解释着什么，似乎想要摈弃树木和它们的叶子了。

"事情就是这样，"拉尔森最后愤怒地说道，"也许这事儿并不重要，是我搞错了。但加尔维斯保证说那张证券是伪造的，还说随便哪天，如果他醒来之后觉得肝疼，他就会去把您投进监狱。您瞧瞧吧。我当时正在总经理室忙着解决电镀的问题，那家伙就像个爱吹牛的无赖一样拿着那张绿色卡片纸给我看。我没表现出很在意这件事，我让他觉得我并不相信那些东西。但我不得不立刻租下一条渔船，跑过来向您汇报此事。"

佩特鲁斯眨了眨眼，又闭上眼睛重复了一句"好的，先生"，然后睁眼盯着拉尔森，表现出自己已经听懂了的样子，同时暗示没必要露出牙齿、费力而有条理地挤出皱纹来堆出笑容。不过拉尔森知道那颗冷漠的脑袋还是笑了起来，那种笑虽说看不到，但毫无疑问是存在的，那是贪婪的笑、嘲讽的笑，佩特鲁斯把他和加尔维斯、证券、危险、股份有限公司及人们的命运联系到一起了。

此时他把眼睛彻底睁开了，深栗色的眉毛下射出两道窄小而水润的光芒。他毫无波澜地解释说那场微小的伪造冒险一开始就有张证券被偷走了，和他组建厂子，将之命名为赫雷米亚斯·佩特鲁斯股份有限公司的冒险相比，那次冒险根本就无足轻重，但又不得不做。要是那张假证券被提交给法庭，麻烦可就来了，考虑到再过几天或者几个礼拜他们就能获得胜利、获得胜诉，这种时候发生那种事就更让人觉得遗憾了。只因为那么一张证券，只因为它带来的危险，他们就要满盘皆输了。拉尔森忠诚地照料着大后方，而乘坐渔船穿越被暴风雨笼罩的河流紧急来到圣玛利亚的举动更加证实了他对公司面临的危险和危机有多么上心。必须确保那玩意儿不被交到圣玛利亚的法院，为此，一切手段都可以使用，都会有回报。

他又把眼睛闭上了，很明显他是在下逐客令，而且他对假证券是否会被送到圣玛利亚的法院并不真正在意。现在这样让他觉得很有趣，而且他还会继续以别的方式自娱自乐下去。从很多年前开始他就已经不再相信自己能赌赢钱了。不过他直到死都会强烈而快乐地相信赌局本身，相信他还记得的谎言，相信遗忘。

拉尔森因为嫉妒而感到有些愤怒，却又因某种模糊的钦佩感而自惭形秽，他踮起脚尖走到灰浆做的假壁炉边，取下被雨水淋得变了形的帽子，用两根手指夹着它，像往常一样歪着戴到了头上。他走回到床边，从头到脚把佩特鲁斯打量了一遍，然后挺直身子，把手揣进了口袋里。

那张发白又发黄，长着两道深色眉毛的秃顶面具几乎与毯子呈直角，看上去佩特鲁斯已经睡了。小小的、耷拉着的嘴毫不费力地闭着。*像这样的人不多了。他希望我干掉加尔维斯，干掉那个大着肚子的女人，干掉那两条长得一模一样的狗。他很清楚这样做没有任何作用。我要和他道别。要是他醒了、看着我，我就朝他吐口唾沫。*

拉尔森没有弯膝盖，俯身在佩特鲁斯的前额上吻了一下。佩特鲁斯依然神情平静，睡得很沉，只是面色泛黄，显得有些高深难测。拉尔森直起身子，一根手指在帽檐上滑着。他摇晃了起来，没发出任何声响，穿过幽暗的小厅，来到房门口，打开门。在走廊尽头的房间里，那个男人和那个女人在此刻激烈争吵之前曾经聊了一阵，只是风、木板和距离减弱了争吵声。

十一

圣玛利亚之三

　　要是我们重视与拉尔森有私交以及自认为了解他的人的想法和预料的话，一切都表明在跟佩特鲁斯的会面结束之后，拉尔森很快就寻找并且找到了回造船厂的方法。

　　如今，他需要——或者只是因为残存的热情不多了，间歇性出现，所以才简单地接受了那种需求——搞到那张假证券，再简简单单地把它交出来。他有种模糊的雄心，好奇心倒是满满当当的，就好像他在做出某种牺牲，而这种行为并非以获得某种好处为目的，只是要费尽周折去揭露某些秘密。

　　尽管理智和各种证词都在告诉我们那天晚上拉尔森唯一在意的就是尽快赶回造船厂，阻止他刚刚炮制出来的敌人用任何阴谋手段来破坏自己肩上扛着的拯救公司的任务所取得的成果，可此时，在这个历史时刻，没有谁急着要做什么，也对他人急于去做的事情并不在意，这也是实情。

　　结果就是，在沿着对角线穿过广场后，拉尔森不得不在风雨侵袭之下走走停停，他感到惊讶、厌烦，却又生出了一种难以掌控的兴奋感，他发现造船厂已经变成了一个完整的世界，无限孤僻而独立，同时这种情况并没有影响到另一个世界的存在，也就是他此时此刻正立足于其上的世界，他曾经生活过的世界。他向左拐去，开始快速行走，行走的方向与河流平行，他觉得自己认出了那些潮湿的街角和墙壁，间隔很远的路灯发出的光芒在越来越小的雨水中闪烁摇摆。

他把闪烁着光芒、但仍显阴森的海关大楼抛在身后，沿着恩杜罗的道路向下走去。此时雨已经停了，风开始呼啸着钻进城里，攻克一排又一排苹果树。*要是我必须回来，为什么要挑这样一个夜晚回来呢？又为什么要跑向城里最肮脏、最悲惨的地方来呢？* 他把一只手塞进大衣领子里，歪着脑袋，防止帽子被风吹跑，每踏出一步，就会听到扑哧一声响，还会感觉到袜子里的水浸到了脚上。

他闻着自己身上有股死鱼味儿，就在这时他看到了半条街外咖啡馆的黄色灯光，听到了音乐声，是伴着吉他的快节奏华尔兹。他推开门，伸手把门在背后关上，他看着咖啡馆里的烟雾，一颗颗黑乎乎的脑袋，贫穷，短暂的欢乐，冷漠的怨恨，总是惊讶于往事的面孔。他调整出挑衅的架势走向吧台，以此掩饰自己的激动，直到明白这种激动源自何处。

"不跟朋友们打招呼吗？我是巴雷罗，还记得吗？"

站在锡皮柜台另一侧的年轻男人笑着，脏脏的白色外套的拉链一直拉到领口处。没刮胡子，看上去既疲惫又有干劲。

"巴雷罗，怎么能不记得呢。"拉尔森说道，他并不知道和自己说话的这人是谁，他伸出手，拍了拍对方的手，然后两只手才握到了一起。他们聊了会儿天气，拉尔森点了杯甘蔗酒。他假装倚靠在吧台上，实际上半转身对着大厅，他平静地、容易满足地辨识着这些在这样一段已经死去、已被埋葬的时间里生活在另一个平行世界里的人。弹吉他的男人在大厅中央撇开腿，稀疏小胡子下方的嘴不知疲惫地笑着，正在其他人期许但并无敬意的沉默之中调着音，风声忽隐忽现，那些人仿佛被某些重物压得缩成了一团。他辨识出了那些混血种人、庄园长工或是被老佩特鲁斯的其他幽灵工厂骗到恩杜罗来的短工睡眼蒙眬、疲惫不堪的表情。女人数量不多，都是些荡妇，说话尖声尖气的，要价都不高。弹吉他的男人翻了下白眼，又开始弹另一曲华尔兹了。在由铁帘子、几块木头招牌、背面朝前堆着的罐头、一根望不到头的铁钩、盛满辨认不出的干材料的痰盂和一只黑猫组成的角落里，一个男人和一个女人胳膊肘撑在桌子上，四手相扣。

"现在大家又开始议论说厂子要关门了，"巴雷罗说道，"但从来就没人知道原因是什么。鱼很多，捞不完。那些麻烦事咱们可搞不懂。更别提那些拿着二十或三十比索工资却整天做发大财的白日梦的家伙了。真正明白情况的永远是上面的那些人。关门歇业时，他们赚钱；开张迎客时，还是他们赚钱。尽管表面看上去不是这样。您会留下来吗？我就是好奇问一嘴。"

"没事。我只是路过，如此而已。我在省里的北部地区还有些生意。"

"生意。"巴雷罗重复了一遍，没敢笑。

拉尔森看了看邱几张桌子，慢慢回味探戈歌词，毫不在意那些胡乱弹奏吉他的人和拉长了脸的人，也不在意沉寂的氛围和酒杯上方凑到一起的一张张面孔。他冷得打了个寒战，同意再来一杯甘蔗酒。角落桌子上的男人把脑袋、宽阔的肩膀、格子衬衫、脖子上显眼的、打了个歪结的黑色帕巾向前倾去。女人的头发泊油的，梳到了眼睛上方，那副一再露出的表示拒绝的表情如今似乎已经变成了她的第二张面孔，一种永远处在活动状态中的面具，她可能只有在梦里才会将之摘下。而拉尔森在所有那些已被证实的往日预感的帮助下能够挖掘和重构的经历并不足以使他相信在那些如光线般从颤抖的皮肤里渗出的笨拙的甜言蜜语、抗拒、卑微和凄楚的顾影自怜之下，真的存在着那个女人的第一副面孔，也就是她生来就有，而非自制或在别人的帮助下制造出的面孔。

哪怕她的确拥有那张面孔，也从来没人见到过。因为她只会在孤身一人时使用它、把它展现出来，而且周围得没有镜子或脏玻璃可供窥视才行。最糟糕的事情是她——我并不单单想着她——如果出现了奇迹或意外或背叛，别人看到了那张她从十三岁起就决心遮住的面孔的话，那么那人就不可能喜欢她，也不可能认得出她来。但至少她有在还算年轻的时候死去的特权，在条条皱纹给她戴上最终版本的面具之前死去，那张面具将比这张更难取下。她表情平静，毫不悲伤，也没有对生活的担忧，也许她足够幸运，会有两个老女人为她脱衣，品评一番，给她梳洗，再给她穿上衣服。当然也不

能排除另一种可能，进到这座简陋的茅屋中喝甘蔗酒的男人中的一个会动作僵硬地摇晃她，出于承诺在她的前额上放一根沾湿了的小树枝，观察沾上雨滴的玻璃呈现出的奇怪形状，但这种观察不会超过一分钟，还必须借助蜡烛那随性摇曳的光芒才行。如果这种事情发生了的话，那人就势必会看到她的那张面孔，而她也就不算白活一场了，可以这么讲。

穿着格子衬衫的男人对着那张坑坑洼洼的面具劝解、哀求。风盘旋在屋外和屋顶处，不在意藏身于这间小屋里的人们，呼啸着挤压刚栽种的植物、树木和在夜间闪烁光芒的牛屁股。弹吉他的男人又开始调音了，调到一半突然起身感谢听众请他喝酒。巴雷罗看到了拉尔森的眼神。

"想和她好的人，"他有点骄傲又有点厌烦地说道，"都能一直跟她讨价还价到天亮。人们都叫她'北方姑娘'。也许她就是从您做生意的那些地方来的。和她谈价格可不容易啊。不过除此之外，您肯定不相信，她是个很够朋友的人。"

风盘旋成了旋风，在咖啡馆顶上、这片区域中笔直的街道上、罐头厂大楼上嬉戏。但是它最残暴的形态展现在了移民区上空，冬小麦田上空，沿着漆黑的平原驶向这座城镇另一端的运奶列车的上空。

"什么时候会有往上游走的船？"拉尔森问道。他转过身来，朝向吧台，在兜里找着什么，做出付钱的架势。

"没几个钱，就当赏我个面子，"巴雷罗说道，"渡船要到六点才有，不过也许您可以搭乘某条货船。"

那个男人把宽大的后背靠在椅背上。价格议定，女人不再摇头，脸上只挂着一抹嗔怒式的坏笑，像是在回味什么幸福的秘密，她可以在路上毫不费力地保持那种笑容，直到天亮。为了庆祝，男人点了两杯酒。

这么看来，这个世界依然是属于其他人的世界，没有任何变化，没有因为他的逃脱而遭受损害。拉尔森平静了，觉得自己不需要负什么责任了，于是和那个自称名叫巴雷罗的人道了别，穿过大厅，谨慎地模仿起之前摇晃行走的动作和无聊的轻蔑感。多年之前，当他生活在这另一个星球的时候，他曾无数次这样踏过一家又一家咖啡馆的油腻地面。

拉尔森是在船上获得了第一个可信消息的，当时他正蜷缩着身子，低着头，用长拳头紧紧攥着船票，面对让船起伏不定的浪头，那浪头猛地跳起，打得船头嗡嗡作响。新生的太阳正在检视它那擦着水面掠过的冷漠光芒。这是个可爱的早晨，一个漂亮、清爽的冬日的可爱早晨。他这样想着，想分散一下注意力。后来，因为没有遗忘就没有勇气，他又想道：*在这样一个没有风的日子，白日渗进了冬日的这道光亮中，这道光寒冷而冷漠，它围绕我、凝视我。当然了，我和这道照亮我的白光一样冷漠，我会完成第一个行动，第二个行动，第三个行动，直到我不得不停下来为止，停下的原因可能是累了，也可能是在忍耐，我会承认某件不可理解的事情，某件也许对他人有用的事情已经在我插手之后完成了。*

船走了一海里之后，拉尔森打了个哈欠，然后任性地慢慢把那顶保护他的黑帽子举高。他观察了一下和他一同坐在船上马蹄铁状长椅上的人们，他们正在摇摇晃晃地打着瞌睡，他眨了眨眼，把炙热的目光投向刚刚开始的一天，有些茫然，抑制不住自己的情绪。同样的一天，曾把它的光芒洒在惊慌失措、长满鳞片的大鱼的脊背上，它还会再次以那种出人意料的精确度洒到其他兽群身上，它们出生在人类已不复存在的时代。

船掉头摇摇摆摆地靠向被称作"葡萄牙港"的船只停靠处，这时拉尔森就像那种故意触碰伤口来验证自己是否还会感到疼痛的人一样，决定让恐惧大军的先头部队、叛徒、最趋近恐怖的那部分东西钻进心里，它们并不强大，在可承受的范围内，因为他昏昏沉沉地陷入了包围圈，还因为他正在被人类的本质污染。于是他想：*这具身躯。腿，胳膊，性器官、肠子、肚子，这些使我可以和人及事物建立友谊的东西。头就是我，因此对我来说它并不存在。但胸腔是存在的，它不再是个空洞了，里面塞满了残渣、铁屑、锉屑、灰尘、所有我在意的事物的残留物、所有让我感到幸福或不幸的另一个世界的东西。要是他们允许我留在那个世界的话，要是我能留在那个世界的话，我很愿意重新开始，也一直都做好了重新开始的准备。*

十二

圣玛利亚之四

刚刚才开始泛红的太阳此时已升到了河的上方很高的地方。已经到了迪亚斯·格雷医生醒来并试探着寻找第一根香烟的时间了，他闭着眼睛，想要拯救还有可能挽救、刚刚逝去的梦中景象，并自然而然地强化那些他怀念和使他感受到甜蜜的东西。某个母亲，某个自负的女性朋友，某张倾向他的枕头的笑脸——或者某句轻柔的道别——倾向他最真切、最纯粹，比他在睡梦中想象出的脸更年轻一点的面孔。

他点燃香烟，在昏暗的房间里眯起了眼睛。他想感受一下刚刚开始置身其中的这一天的热度和温度。他心里想着外出看病和接待上门问诊的病人的事情，想着孤独的好处和坏处，想着前一天晚上和拉尔森的谈话，想着佩特鲁斯的女儿，他只近距离见过她两次。

佩特鲁斯一家在圣玛利亚、造船厂港和欧洲的随便什么城市住了许多年，但在每个地方居住的时间都不超过几个月。

和其他那些不断迁居的家庭里的男主人相比，老佩特鲁斯不在家的时间要短得多。实际上，他所做的事情就只是陪伴妻子、女儿、女管家、某个小姑子或妹妹，把她们安安稳稳、舒舒服服地安顿好，事无巨细地安排好他们在一段时期里的生活，这样他就可以抛开内疚、开开心心地忘掉她们了，这就叫把问题扼杀于摇篮中。他的外在特征如此这般：个矮，干瘦，行动迅捷准确，那时坚硬的连鬓胡须还是黑色的，喜欢戴圆帽子，穿战后流行的带后摆的紧身衣服，这种款式似乎是专门为他这种过分追求体面庄重的人设计的。让人吃惊的是，在当下的服饰中依然能看到当时那种流行款式的影子。他的身份不仅是丈夫和父亲，还是家里的雇员、管家、建言者，他唯一寻求的回报就是自己的高效行为带来的和谐感，却并不在意别人会不会感谢他，也不担心妻子（当时他的女儿还没出生，或者他压根没把她算在内）和每趟旅途中都不曾缺席的那位女亲戚——尽管总是同一个人——是否和他在关于舒适、威信、身体和美好环境的问题上保持看法一致。

他执着于获得那些组织布置方面的微小胜利，但并不是单纯为了满足自己的虚荣心，他可能从来就不需要外界来滋养他，他只是拿这些事情来练练手，以应对那个做生意就只是尔虞我诈、空放大话的时代。那些微不足道却十分有用的胜利是靠赶车误车、查阅一张张旅游线路图、听从友好的指点和建议而取得的。

最后，当三〇年的危机爆发时，佩特鲁斯一家在造船厂安了家，那里成为了佩特鲁斯太太的人生终点站，她后来长眠于移民区的陵园里了，为此佩特鲁斯还打了场持续了二十四小时的口头官司：佩特鲁斯曾经妄图把尸体、蛆虫堆、骨架和骨灰埋在自家花园里，上面用大理石砖和铁架子盖个小建筑，顶部还能两面排水，那是建筑师费拉利紧赶慢赶设计出来的，他还为此收了一部分设计费。后来，佩特鲁斯当着送葬者、神父和掘墓人的面放了狠话，那些说辞的戏剧性和激进性毫无疑问源自他在与政府官员和市政法令交锋时遭受的溃败，他最终同意将妻子埋葬在移民区的陵园里。而且他还给执政官拍去一封电报，只有短短三行字，却气势十足地署了这样的名："我，佩特鲁斯"，可他收到的回复只不过是封吊唁的信件，信里那些安抚性的话语只不过是为了缓和拒绝的语气，而且那封信送到时，雨已经在佩特鲁斯太太位于移民区的坟头上下了足足一个星期了。（她死在冬天，这事儿安赫莉卡·伊内斯永远都忘不了。）

在妻子的棺椁被掩埋前，佩特鲁斯用德语说了些誓言，壮大了送葬队伍的寥寥几个印第安人肯定是听不懂的："我在上帝面前起誓，要让你的遗体回归故土安葬。"他刻意突出了"上帝""遗体""故土"等几个词，表情让人十分难以理解，因为所有人都认为佩特鲁斯并不是个虚假做作的人。他挺直身子，胳膊从满是淤泥的墓坑的方向向上抬起，说了些粗鲁含糊的话，也就是前面提到的他从未真正付诸实践的狠话。后来他又重新畏畏缩缩了起来，接受了人们给他递来的一捧土，他十分准确地将它散在了捆着棺材的紫色带子上的那三个连在一起的字母上。

在那之前，在房子主人家里，当时房子的女主人才刚去世不到一小时，建筑师费拉利殷勤地在白色卡纸上用铅笔画草图，表现得无比渴望理解佩特鲁斯的想法，忠于佩特鲁斯的信念，心里却在盘算着自己能赚多少钱，大理石的价格是多少，锻铁的价格是多少，泥瓦匠和石匠的工钱是多少，运费又是多少。不过，艺术家的那种为创作和诠释而努力的享受感和焦虑感也让他有些许触动。另一个人，鳏夫佩特鲁斯，在费拉利的身后踱来踱去，顽固倔强、唠唠叨叨、死抠细节。

也许对于佩特鲁斯和他的女儿来说，造船厂港的住所也将是他们的人生终点站。他们给房子增加了不少房间，在花园里放置了一些雕塑，他们还租下不少船来运输家具、餐具和装饰品，这样的行动持续了好几个礼拜。

不过在最终定居于建造在水泥柱上——这些水泥柱是用来保护房子免受上涨的河水侵害的，不过直到今天也没发过人们担心的那种大水——的房子之前，佩特鲁斯曾尝试买下拉托雷[1]的宫殿，那座宫殿位于一座岛上，离圣玛利亚港不远。老佩特鲁斯和那位英雄人物的那些肥胖、软弱、堕落的后代的会面场景值得被回忆并重塑出来。他逢迎拍马，搞阴谋诡计，精心忍耐，似乎最后还决心付足够的钱来与对方签订协议。他本可以把那座带着永远潮湿的玫红色墙壁的宫殿作为住所——出入河湾的船只在远距离绕岛环行时就应向他致敬——那座宫殿还有上百个带栏杆的窗户以及一座令人难

1　拉托雷（Lorenzo Latorre，1844—1916），乌拉圭政治家、独裁者。

以置信的圆形塔楼。

如果事情就这样进展下去的话，可能生活在岛上的佩特鲁斯会改变自己的故事，也改变我们的故事。也许形态各异、伟大壮丽的命运本来已决定帮助他，本来已接受了那美好而和谐的需求，想要促证这位传奇人物的未来发展了：赫雷米亚斯·佩特鲁斯、圣玛利亚、恩杜罗和造船厂之王，我们的主人，他在宫殿的圆形塔楼上为我们，为我们的需求和我们的财富而操劳。很可能佩特鲁斯会下令修建一座灯塔，来为他的传奇画上句号。又或者我们为了美化和展现我们的恭顺态度，会在天气良好的夜里，从步行道上眺望那些依然亮着灯的窗户，它们和闪烁的星星混淆到了一起，在那些窗户后面，赫雷米亚斯·佩特鲁斯正为治理这方土地而熬夜不寐。可就在那个名人的孙子们又喜悦又厌恶地了解到了佩特鲁斯期盼、隐藏、遗忘人们对他的轻蔑、在每次会面结束时用他那柔和悦耳的嗓音及属于另一个世纪的面庞讨价还价并长篇大论的能力之后，他们讨论并接受了佩特鲁斯不可再议的报价，他们无精打采地点着头，表示同意。可事情的结局却并未顺从命运的安排。政府宣布拉托雷的宫殿为历史遗迹，由国家出资购买，后来又雇了个国家历史方向的退休教授，请他住在里面，定期就漏雨情况、有威胁的野草生长情况和河水涨落与水泥坚固度的关系撰写报告。那个教授名叫阿兰苏鲁[1]，尽管他的名字此时已经毫不重要了。有人说他曾经当过

1　奥内蒂小说《无主之地》（*Tierra de nadie*）中的人物。

律师，现在已经不当了。

迪亚斯·格雷只近距离见过佩特鲁斯的女儿两次。第一次是在他们搬进位于造船厂港的家中之后，她的母亲去世之前，那个女孩——那时大概只有五岁——把一个鱼钩扎进了腿里。可以确定的是，要是佩特鲁斯在家的话，他肯定会自己开车穿越圣玛利亚，把女儿送到移民区的诊所去，他宁愿让自己的女儿流血，也不愿意去新广场对面他开的诊所去，哪怕别人提醒他他也不会在意。不过老头子，换个说法，当时的佩特鲁斯——和现在是同一个人，只不过连鬓胡须还是黑色的，而且更硬——应该正在首都忙活，跟可能的未来股东们会面，或者正在满欧洲逛游，买买机器，雇雇技工。因此小姑娘的母亲和姨妈不得不应对那一局面，还要面对可能出现的棘手情况：死亡、变瘸、佩特鲁斯复仇般的狂怒。*医生，还要考虑到她的父亲一直严禁她到渔民劳作的码头去。*老头管那地方叫码头，实际上那里当时只不过是在一段泥墙上搭了个台子罢了（尽管人们已经开始在河岸边用大石头建造码头了）。最有可能的情况是他在第一份平面图草稿上用铅笔乱涂乱画时就写下了"码头"两字，或者在他带着轻蔑的表情走到河边看地买地时在心里把那里唤作了码头。至于当地渔民，当时也只有波特斯一人，后来他成了贝尔格拉诺之家的老板，那个时候，可能是因为跟人打了赌，也可能是因为跟他父亲打了架，又或者二者兼有，所以他独自一人住在在河岸边的茅屋里。

在午睡时间，小女孩、小女佣和狗除了围在一动不动的波特斯身边，各怀焦虑地希望看到波特斯钓上鱼来之外，再没有其他可供消遣的活动了。波特斯一甩鱼竿，旋即听到一声奇怪的叫声，比起警告来，那更像是因疼痛而发出的声音，他几乎没有弯腰查看小女孩腿上的伤势——他知道自己不敢看——只是命令小女佣去通知女孩的家人，然后剪断连着鱼钩的鱼线，拿着鱼竿、装着鱼饵的罐子和所有用树枝做的原始的支架、线坠、丝网和软木，消失不见了。

家人找到她时，她没有大哭，静静地一动不动，小狗怯懦地用舌头舔她，似乎起到了些宽慰的作用。无论是母亲还是姨妈，还是女佣、花匠、不知道在修建住宅的工程里（两年前就建好了，但完善工作一直在进行）做什么具体工作的人，抑或是别处的人仁，那些*团队精神*[1]更弱的人们，例如泥瓦匠，可能还得算上正在建造造船厂大楼的木匠，他们当时正在砖和梁堆成的无尽的几何形材料堆之间吃午饭，都不敢把嵌到小女孩身后屁股附近肌肉里的鱼钩取下来。

人们围成圈凑近来，有的表现出惊恐的样子，有的给出自己的建议，安赫莉卡·伊内斯在战胜了自己对这番景象的恐惧后，又笑了起来。她休息了一会儿，又重新陷入到了神秘莫测的内心世界中。她强壮结实，被太阳烤着，一双又亮又大、邋里邋遢的眼睛眨了眨，这个午后并没有风，但是她的两条像绳子一样坚硬结实的辫子却在不断摆动。帮助小女孩的最初几个动作留下的水渍已经快干了，迎着午休时刻

---

1 原文为英文。

的阳光闪烁光芒，迪亚斯·格雷这样想象着。纤细的鱼钩插入的位置颜色发红，流血不止。鱼钩看上去无坚不摧，它就像半个镀银的锚，成了她身体的一部分，她平和的心态的一部分。

在阵阵劝诫和预言声中，母亲或姨妈想象着佩特鲁斯深色的眉毛紧紧皱在一起，爆发般地咒骂或保持沉默，她们只能面对着他瑟瑟发抖，可她们也明白自己的责任，她们笃信上帝，做出了选择。她们把一条丝绸手帕绑在那条伤腿上，由负责造船厂工程的工头开车，沿着那条长长的、颠簸的土路把小姑娘带到了圣玛利亚。

迪亚斯·格雷当时才刚刚安顿下来，对佩特鲁斯这个名字所代表的日渐增高的声望一无所知，人们不断在他面前提到那个名字，好像那是位名人、要员或是种威胁，他忍受着那种充斥于诊所中的异乡癔病，后来在移民区行医的短短几个月时间使他明白了那是一场普遍性的癔病，不可或缺，可以预见。

小女孩躺在病床上，小圆脸直直地冲着天花板，表情平静，仿佛正在融合那个银锚。一个女人，另一个女人，她们穿得都很差，脚穿大大的、不带跟的鞋，胸很大，头发茂密、漂亮，就像纯种动物一样，对自己一无所知，只从世界上接受很小一部分她们感兴趣的东西。她们一个接一个地唉声叹气，做着解释，控制着震耳欲聋的哭声，默默后退，离病床越来越远，直到宽大的后背撞到墙上，聚成了圆圆的一堆。她们在那里喘着粗气，自说自话，过了一会儿又回到了病床前。那个摇头拒绝留在候诊室的外国工头此时正倚靠在门上，没有说话，直冒汗，表现得十分忠诚。

迪亚斯·格雷给小女孩做了麻醉，在她腿上割了道口子，把那个 S 形的鱼钩递给那位母亲或那位姨妈作纪念。他用那一双像玻璃球般的灰色眼睛盯着闪烁光芒的镊子，一刻不停，也不能停，因为他的刀子扎得很深，割开的口子很大，还得用薄纱层层包好。他一句话都没说。小姑娘躺在病床上，把辫子压得歪歪扭扭的，暗黄色的圆脸上还是之前那种表情，从来就没有流露出绝望的意味，仿佛她正在等待着别人做完什么事情，等待着那种早该出现的糟糕感觉的降临。那时，姨妈的一个女儿躺在病床上，刽子手一刻不停，也不能停，所以说在第一次躺上病床之前，她就已经永远忽略了死亡。

迪亚斯·格雷第二次近距离见到佩特鲁斯的女儿——此时医生已经完全理解佩特鲁斯这个姓氏所蕴含的意义了——如今已经不只是个记忆了。或者说他经历过的那个时刻已经被遗忘了，再也无法寻回了，他用另一种记忆将之替换了——静止不动，准确无误，颜色展现得随心所欲——那是对一幅医生从没见过，也从没人将之画出的图画的记忆。那是不真实的，只是他感觉到那一幕曾发生过，或者只是他感觉到那一幕曾被记录下来过，时间是一百年前，那种感觉源自照耀着它的那柔和的黄褐色光芒，不过医生对此并不确定。

老佩特鲁斯挺直身子站在画面中央，任由自己的连鬓胡须由灰变白，他没有笑，却如曾受戒出家的人一样富有耐心，让人明白他是有能力笑的。他的眼神里充满冰冷的专注和完整无损的青春感，夹着刚刚点燃的雪茄烟的左手靠在马甲上，和泛黄的几何平面图一样，那幅画也在泛着黄褐色的光芒，而雪茄烟的香味和它也是不可分割的。

一个小男孩本可以把老佩特鲁斯的形象剪下来，贴到某个本子上：这样一来所有人就都会认为老头子摆出那副姿势只不过是为了让人给他画像，除了他假装用右手扶着的木头椅子的弯曲后背、背景墙上垂直挂着的盘子和壁炉上放着的酒罐子之外，周围再没有其他东西了。在佩特鲁斯的右侧，有一个不知道是那位母亲还是姨妈的女帽一角被光芒照亮，同时照亮的还有她的一侧圆圆的脸颊以及健壮肥大的膝盖，她坐着，还在织着什么东西。在佩特鲁斯的左侧，背景处，还有两个被阴影笼罩的女人，表情虚伪而兴奋，她们立在一把巨大而不舒适的椅子旁，安赫莉卡·伊内斯把一条皮毯盖在腿上，出着汗笑着，并没有期待什么，她高高抬起过分方正的下颌，却没有挑衅和动摇的意思。在佩特鲁斯身后，壁炉的火静静燃烧。那是个静谧而浑浊的秋日午后，那也是画中的景象。

小姑娘大概十四五岁的时候，有一次在吃午饭时昏倒了，因为她发现梨上爬了条虫子。此时她正在椅子上朝两侧晃来摇去，那颗平静而方正的脑袋神秘地抬高，淌了点口水，出了点汗，在那个年头，她的辫子要更加粗大，辫子尖端耷拉着。

佩特鲁斯突然对迪亚斯·格雷说到圣玛利亚去接他的那同一辆车已经准备好把他送回去了。下楼梯的时候，他抓着医生的胳膊——并不友好，但也没使劲，他们在沉睡的花园上方，花园的布局对称得有些奇怪，一片深绿色，白色雕像那时已经开始被布置在那里了——佩特鲁斯停了下来，看了看午后的景色和造铅厂大楼，合情合理地骄傲了起来，就好像这两个事物都是他创造出来的。

"我会把费用给您送去的，医生。"迪亚斯·格雷从他轻柔的态度以及他想把自己的女儿与和金钱有关的事情分开的想法推断出佩特鲁斯并不会立刻给他付钱。他说这样一句话也是在提醒迪亚斯·格雷不要忘记他的智慧和时间都是佩特鲁斯能花钱买来的东西。"医生，我的女儿非常正常。我可以给您看看欧洲顶级的几位医生开的诊断书，他们都是教授。"

"没这个必要。"迪亚斯·格雷说道，轻轻把佩特鲁斯放在他胳膊上的手移开，"我是因为那场小意外才来给她做检查的。那场小意外没什么不正常的地方。"

"没错，"佩特鲁斯点了点头，"正常，非常正常，对您这位医生来说是这样，对这座城里所有的人都是这样，对全世界所有人也都是这样。"

迪亚斯·格雷摸了摸那条嗅闻他鞋子的狗，然后走下楼梯。

"当然了，"他转身说道，"不是只有欧洲的医生才在获取行医资格时宣誓，也不是只有教授才宣誓。"

佩特鲁斯把雪茄烟从胸前移开，双腿并拢，深深鞠了一躬。

"我会给您把报酬送去的，医生。"他重复了一遍。

医生近距离接触安赫莉卡·伊内斯就只有这两次。还有几次他远远地看到了她，在圣玛利亚弥撒仪式结束之后，或者在那位姑娘——在被虫子吓晕的那个下午之后就开始变得和成熟女人一样体形肥大了——在城里的几条街上散步购物的时候，一开始是某位姨妈陪着她，再后来就是女仆何塞菲娜陪着她了，何塞菲娜是在他们一家最终定居造船厂港后才开始为安赫莉卡服务的。

就这样从远处望去，那个姑娘似乎符合老佩特鲁斯搜集到的所有诊断书的结论。她高挑，浑圆，胸脯高耸，巨大的臀部外套着宽宽的喇叭形深色衬裙，那条裙子她已经穿了好几年了，依然掩盖不了那位老处女亲戚心满意足地按照模子为她剪裁的痕迹。她的皮肤非常白，一双灰色的眼睛闪烁着光芒，可粗粗的脖子转动得很慢，似乎无法让她的眼睛看向两侧。她总是扎着辫子，最近这段时间则一直把辫子盘在头上。

有人说那个姑娘会毫无缘由地大笑起来，而且很难停下来。但是迪亚斯·格雷从没听她笑过。因此，那个被亲戚们、某个奇怪的女性朋友或女仆牵引着在城里有限的几个地方走来走去的姑娘的肥大身躯能够展现给他、表露给他的所有东西，唯一能吸引他处于休眠状态的职业性好奇心的东西，就是她缓慢而吃力、故弄玄虚般的走路方式。他永远无法得知安赫莉卡·伊内斯走路时心里在想些什么。她的双脚迈步谨慎，在完全确定前路状况之前绝不让脚离开地面，脚尖总是歪歪扭扭地向前探去，或者给人的印象是她的脚是歪歪扭扭的。她的身体总挺得笔直，甚至向后朝着留下的上一个脚印仰去，这样一来，她的胸和肚子就更显得浑圆了。就好像她走的永远都是下坡路，她得摆正身子，好在向下走去时显得更端庄、不急促，迪亚斯·格雷一开始是这么想的。但事实并非完全如此，或者说还有些别的因素。直到某天中午，他发现了"次第的"这个词，他觉得自己接近真相了。她正是"次第"迈着步子，或者说从那之后她就开始这样迈步了。那个姑娘就像是在慢慢拖动她那几乎不动的沉重身躯，阻碍她大胆前进的有两件事：如宗教游行一样的缓慢节奏，还有她所背负的那看不见的象征物的沉重重量，它可能是十字架，也可能是大蜡烛，还可能是华盖杆子。

十三

造船厂之五

顶着寒风、愤怒地登上码头后，拉尔森决定不想别的事情，径直朝着造船厂走去。

这个早晨十分清爽，色调偏蓝又偏灰，平静的光线静谧、专注、毫不躁动。泥地里的水坑依然清澈，结了霜，像一面镜子。背景庄园里的树木遥远而稀疏，湿湿的，颜色发深。拉尔森停下脚步，听了听，周围静悄悄的，他想要理解这番景色的意义。*是恐惧*。但他已经不再担心了。那是种柔和的痛苦，是他早就熟悉、缠身已久的慢性病，患上这病的人是不会被它拖死的，因为他们会和它一同死去。

他转过头，望着脏而平静的河面，他故意在使用钥匙时发出很大的声音，那串钥匙使他胯部的兜鼓得变了形，象征重要性、掌控力和占有欲的钥匙的数量多得可笑，显得幼稚。他慢慢打开一扇又一扇门，只看一眼就能挑出对的那把钥匙，然后精确地转动手腕。造船厂的入口大铁门很难推动，让人叹服，然后是楼梯口通向不同经理的办公室的门，再然后，往上走，就来到了邪满是污渍、结了冰的破败之地，也就是他的办公室的门前。那些门有的没有玻璃，有的没有木头，锁都成了摆设，轻轻一推或是一阵疾风就能把门捣开，可加尔维斯总是愉悦又固执地冲着虚空露牙微笑，每天晚上把门锁上，第二天早晨再把它打开。

拉尔森此时已经走进总经理室，坐在他的写字桌前，双肩撑在墙上，后背则倚靠在柔软的椅背上。他在休息，但并没有从那个糟糕的夜晚走出来，也没从自己在那个夜晚做过的事情中走出来，更没有从他将要开始做的前途未卜的事情中走出来，这些事情接踵而至，毫无激情可言，他只不过像行尸走肉般在应对。他把双手放在脖子上，黑色的帽子耷拉下来，遮住了一只眼睛，他在心里默默总结自己在那个冬天已经完成的种种任务，好像想让某个冷漠的证人相信这间冷冷清清的办公室可以媲美任何资产百万、充满活力的公司的总经理办公室。门上的铰链和字迹，窗台上的纸箱子，亚麻油地毡上的补丁，按字母顺序排列的文件，一尘不染的写字桌，可令员工随叫随到的响铃。除了肉眼可见、可供展示的东西之外，尽管不是那么有必要，他还每天都工作很长时间，在办公室里进行深入思考，他始终保持着领导上百个工人和员工的设想和意愿。

在那场无用也无目的的辩解中，他还会想到他可以利用那些表面看上去与他的信念相悖的东西：在一个又一个下午，一辆卡车停在远处，两个行动迟缓、从职业的角度来看冷漠而多疑的男人慢慢靠近位于办公室和厂棚之间的荒地中央，面对着加尔维斯的小屋，直到和等待着他们的加尔维斯本人及昆茨会合，有时拉尔森也会参加会面，带着审查和轻蔑的表情看着双方讨价还价，就好像他是个法官，而非共犯。

他们互相问候，四五只手举到太阳穴的位置，一伙人在烂泥路上走着，一直走到厂棚门前，然后静悄悄地没入棚子里的阴影中。来访者百无聊赖地挑选，没人给他们热情推销。昆茨把那些人没要却轻蔑地问了一嘴的一些东西拖到从棚子顶破洞处射下的光线中。开卡车来的那俩人向前走了一两步，看了看那些东西，眉头紧皱，互相对视，态度倒是软了下来，不过并没有说太多话，只是指出铁锈的坏处和不合潮流之类细节问题，还有众人拿出来的货和他们在找的货之间存在的差异。

加尔维斯一直坐在五金零件堆起来的小丘上，露牙对着空气笑，晃动头部，听着他们的对话。那俩人假装列完了看似无休无止的缺陷清单，昆茨一只手撑在那些物件上，解释它们的优点，说厂子里的钢质量都很好，又点明技术上的优势，分析为什么说这些东西完全符合来访者的需求，同时也符合这个世界上任何人的需求和兴趣。如果那些物件是这个场景的中心的话，拉尔森总是位于那个中心圆一米开外的地方，他盯着昆茨冷漠的脸看，后者不断用外国腔调做着独白，他的谎言在棚子里静止而污浊的空气中蔓延开来，就像是在无聊地说着某些显而易见的特点，又像是在一所工业学校里上课，可又没有办法让那些人明白自己的意思。陈列结束后，他把撑在那些物件上的手移开，攥起拳头，似乎也离开了那个中心圆，离开了那场交易。现场立刻就陷入了沉寂，有时候狗叫声和风吼声会打破这种氛围。开卡车来的那俩人对视着不说话，露出同情般的笑容，摇摇头表示拒绝。

于是轮到加尔维斯出场了，哪怕所有人都不愿意看他出场，可大家都明白这是无可避免的。加尔维斯接受担任沉默主人的角色，他不断延长沉默的状态。那两个男人站在离物件一米远的地方，组成了一个整体[1]，和那些物件一样静止不动，僵硬死灰。昆茨靠在墙边的架子上，没了存在感，他穿着厚重的黑色大衣，嘴巴抽搐了一下，旋即表现出了蔑视和有耐心的意味。虽说没人动弹，但那堆物件不再是大家关注的中心了，加尔维斯的光头和笑容成了新的焦点。他蹲了下来，说道：

"先说说你们到底感不感兴趣吧。这些东西就是这样，跟你们说的一样，毫无用处。你们要一台打眼机，打眼机就在这里。不是新的，但也不咬人。在清算的时候，算上刻意估低值之类的因素，最终估价也有五千六百比索。就给个话吧，要还是不要，咱们还有很多别的事情要做。再开个价。哪怕是个逗我们发笑的价格也行。"

两个男人中的一个开口说话了，另一个点头表示同意。加尔维斯把一口长牙都露了出来，好像那才是他的脸，仿佛那是他的脸上唯一能表达出让人理解的意思的部分。加尔维

1　原文为英文。

斯等待着那人吞吞吐吐地说话，在一句话的末尾抛出那个数字，语气斩钉截铁，那个数字盘旋飘舞，沉重落下。加尔维斯让大家都听到了他的笑声，他给出了最后价格，比他决定收的钱数还提高了百分之二十，然后冷漠地等待着那两个买家骂骂咧咧、抱怨连连地提高了最初的报价，直到达到他的心理预期。在这期间，那两个男人在说话时不再对视，只是盯着物件看，就好像他们是在对着彼此讨价还价一般。

双方最终就价格达成一致时，加尔维斯直起身子，手里拿着个收据存根簿和一支铅笔，他打着哈欠走向从棚子顶破洞处射下的肮脏亮光，那些物件就摆在那里。

"我从来不争论什么。钱到手就行。运费买家出。"

拉尔森、加尔维斯和昆茨三人把钱分了后，就再也不谈这个话题了。这种事每个月发生一次或两次。但是他，拉尔森，从来没对这种偷窃佩特鲁斯或佩特鲁斯的公司的行为横加干涉。他只是收他那部分钱，带着憎恶的情绪静静观察那两个买家完成永恒不变的讨价还价、完成交易的仪式，他始终拒绝在两人把刚买的东西往车上搬的时候帮把手。

某日上午九点，天气不错，但早晨有点冷，拉尔森听见加尔维斯和昆茨来了，他脱下帽子和大衣，等待着他们发出声响，然后安静下来，于是他按下响铃，把他们唤了过来。刚开始他并没点明叫谁来，第二次也没有，再后来叫了技术经理，再然后是行政经理。他没有请他们坐下，只是用事先想好的缓慢语速，配上夸张的眼神，时而亢奋时而沉默，对他们解释说佩特鲁斯在圣玛利亚，法官已经决定撤销对造船厂的处理决定，大家早就期盼的胜利繁荣时期即将到来。他知道两人并不相信他的话，不过他并不在意，又或许他想要的就是这种结果。将近中午的时候，他下楼走到厂棚里，双手捧着个显眼的文件夹，他从里面偷了个安培表。回来的时候，他跟加尔维斯的女人打了招呼，后者正在小屋附近搜集生火的树枝，看到他后她直起身子冲他笑了笑，她还穿着那件男士大衣，上午就要过去了，天空泛蓝，空气凝重，她的肚子鼓得像是要撑破了似的。贝尔格拉诺之家的老板波特斯有位朋友对安培表很感兴趣。拉尔森收了四百比索，留下其中二百结清欠款。他在那里吃了午饭，在喝咖啡时他盘算着要到佩特鲁斯家去一趟，在入夜的时候去拜访安赫莉卡·伊内斯，先是在凉亭，然后进到他从未进去过的房子里，那场侵入行动将以婚约告终，受到老佩特鲁斯本人的祝福，他肯定在夜晚降临前就已经坐船或者坐车回来了。

但是她，安赫莉卡·伊内斯，没给他时间。下午四点或五点钟时，拉尔森在总经理室查看一份受潮的机打文件，文件是某个前任落款的，他建议把公司所有的资产卖掉，然后组建一支渔船小队。就在这时，技术经理昆茨轻轻敲响房门，带着疑惧、不可避免的嘲讽和早就摆好的忧愁的表情慢慢走了进来。

"抱歉打扰。有位小姐想见您。您同意与否并不重要，因为她无论如何都要见到您。加尔维斯正在尝试拖延她，但我觉得他做不到。我是让她进来还是等着她把门踹开？"

昆茨站在写字桌旁边，现在脸上只有嘴咧到胡子边的充满忧愁的笑容了，这时门一下子被推开了，那个女人走进办公室停了下来，喘着粗气，大家都能听到她的笑声，她才刚开始笑，不过很快又不笑了。

无法保证这部分故事是千真万确的。没有证据表明事情就是那样发生的，我们所有能够想到的东西都表明它基本不可能发生。但是昆茨信誓旦旦地说那是他亲眼所见、亲耳所闻的事情。许多个月之后，那个女仆也只是承认说"小姐当时有些不理智"。昆茨回到他的工作位上，把总经理室的房门也顺手关好了，让那个姑娘和拉尔森单独留在里面。他冲着加尔维斯挤了挤一只眼睛，后者正把胳膊肘靠在他从金属架子搬到写字桌上的两三本无用的账目簿上，他并没有把它们打开，而是正透过某个孔洞眺望天空。昆茨坐了下来，开始翻看他的集邮册。

据他所言，他们当时没时间做很多事情。在听到女人的叫喊声前他们先听到的是拉尔森的声音，他正试着用伤心痛苦的劝慰性独白来自我辩解。尽管他把说话声音压得很低，可他并不像只是在和那个姑娘说话，他似乎还想让别人也相信他的话。很容易想象他的样子：站着，五个指尖撑在写字桌上，表情痛苦，忍耐力似乎无穷无尽，他曾经无数次给加尔维斯和昆茨解释耐心的好处，告诉他们懂得信赖和等待人人终会得到应有的补偿。老佩特鲁斯曾把股东们骗来开过一次大会，股东们当时哈欠连连，愿意为自由付出任何代价，昆茨此时联想到了这件事。

但是拉尔森需要喘口气，还需要挑选那个姑娘能够听懂的话来说。于是总经理室中安静了一阵子，只有一点细微的声响，又或者是昆茨幻想着自己听到了那种声响，加尔维斯咬着自己的指甲，那种声响只不过像是冬日傍晚河面或原野上的那种平缓但尖锐的震动声。再后来喊叫声就出现了，先是一个人喊叫，接着是另一个人，她喊叫起来就像是在唱歌，声音异常美妙，拉尔森则不断重复道：

"我向上天起誓。"

而她的声音就像跃出水面翻腾的银鱼一样再次出现了，似乎成了继续争吵下去的诱因，昆茨听到，或者说他发誓自己听到她说：

"跟那个脏女人。那个脏女人。"后来她又冲着门喊叫，在把门打开时喊了句："你别碰我。"

可以确定的是拉尔森想要把她拦住，或者想用柔情来赢得那场小争斗。按照昆茨那无可比拟的口供来看，并且考虑到加尔维斯被排除出了目击者之列，因为滑稽的是，后者"一直在盯着窗户上的破洞，咬着指甲，没表现出他在听或者知晓那件事的样子"。那个姑娘，也就是安赫莉卡·伊内斯，从总经理室走了出来，走得挺快，但是没跑，她挺胸抬头，身体后仰，一侧肩膀蹭着掉了皮的墙壁，穿过摆放着零星几个柜子的宽阔大厅，从那两个缩着身子的男人身边走过。他们两人身下的两小块地方是大厅里油污最少的，周围原先用来堵洞的木板如今已经被烧掉，化作烟雾了。

她穿过整片废墟，都没看它一眼，就跟来的时候一样。母亲和姨妈总是把她打扮得跟个小姑娘一样，这都成习惯了。

那天下午她却打扮得像个女人，穿着件黑色长衫，透得能看见内衣、衬裙或其他类似的东西，穿着跟非常高的鞋子，也许是她们借给她的，又或者是刚买的，总之在回程的路上她肯定会崴脚，因为她或者她们是步行从家里走到造船厂的。任何没见过她穿平底鞋走路的人都会认为她之所以走路姿势如此奇怪，一是因为胖，二是因为穿了那么一双鞋，她就像孕妇一样摇摇摆摆试图保持平衡。不过重要的是，我一直掖着没说，或者想晚一点儿再说——毕竟我能在这样做的同时还不让听众觉得无聊——的是，她胸口处的衣服掉了下来，不是全部脱了下来，而是挂在身上。请允许我接着说。她摇摇摆摆又趾高气扬地踩在一块腐烂的木地板上，踩在污渍、蓝色图纸、商业信件、雨水和恶劣天气留下的痕迹上。她穿过冬天散发的恶臭的气息，盘着辫子的明亮面孔高抬着，却没有挑衅的意思，有的只不过是无知，她的脸上还挂着轻柔闪亮的笑容，她没有看我们，也没有闻屋子里老鼠和失败的气味儿。在她后方，拉尔森在办公室门口挥着手，却没有勇气显露身形，他没出声，生怕加利西亚人和我听到他的话，真是个小丑，一个肮脏、衰老、肥胖的疯男人。您应该明白这一切，还有许多其他说来话长的事情。所以我才"掖着没说"。不过跟不在场的人，不了解他、她甚至是我——我是在这个国家出生的，但拿的是欧洲的学位，我曾经在那里生活过，也是用那种方式生活的——的人、不清楚造船厂状况的人解释这一切也没用，或者几乎没什么用。要是可以的话，您可以想象一下，这并不难，一个年轻而强壮的女人在一间大得离谱却没什么家当的办公室里快速走过，但是没跑起来，两个大奶子就那样露在外面，晃来晃去。她胸前的衣服并不是可怜的魔鬼拉尔森扯坏的，而是她自己扯下来的，一个扣子也没崩下来，一层薄纱也没被扯烂。后来我停止转动脑袋了，因为她已经走到楼梯口那里了，女仆手里拿着件大衣，正在那里等她，女仆踮着脚把大衣披到了她的肩膀上。我觉得她打了女仆一拳，就好像是女仆唆使她来的，女仆给她穿好衣服，把她带来，现在面对这桩丑事，既像母亲般怜惜她，又觉得愤愤不平，最后女仆用手臂护着她离开了。而那个女人，就是这个姑娘叫嚷着提到的那个肮脏的女人，就我所知，除了加尔维斯的女人之外不可能是别人了，当时她大概已经怀孕九个月了，后来很快这一点就得到了证实，现在把这些事情说出来已经没什么关系了。

这就是昆茨看到的事情，或者说是他所看到的事情中最重要的部分内容，他给法维利神父和迪亚斯·格雷都讲过，两次讲述的内容差别不大。

不过，不要相信他说的这些，他的这种怀疑仅仅建立在几年之后对安赫莉卡·伊内斯有了一定了解的基础上。也别觉得昆茨——也许他现在还活着，也许他正在读这本书——是在故意撒谎。很可能昆茨对安赫莉卡·伊内斯造访造船厂的举动的理解仅仅是从男欢女爱的角度出发的。也许那种孤单一人的生活，时常见到加尔维斯那难以触及的女人的经历使他只能从那个视角出发去解读那次事件。回顾那次事件，还有一种可能，就是他在见到女仆给姑娘披上大衣的时刻就被误导了：他觉得那是在给姑娘遮羞，而非仅仅是在帮她御寒。

十四

小屋之五

不过话说回来，拉尔森那无可争议的堕落，是品质的堕落，然而并不是说他的品质发生了彻底的变化。退回几年前的话，他应该会用更多精力、更多诡计去围剿那两个被他在心里分别命名为"小疯女"和"小孕妇"的女人。但他并不会做其他事情。哪怕是年轻的拉尔森也不可能在没办法把他保证弄到手的假证券放到老佩特鲁斯的写字桌上或手里时去见后者。可以确定的是年轻的拉尔森——现在已经没人可以确切地做出假设了——大概会和现在的他一样，仅限于在一个散落着雕像的花园里，在寒气和狗叫声无情穿过的花园里，在最终回归的无法打破的沉寂中，受尽折磨地重新获得并保存一份并不正确的浪漫特权。同一个年轻的拉尔森大概会更光彩夺目、更自发主动、更加真实、不会如此不切实际地帮助那个穿男士大衣的女人，也就是加尔维斯的女人，带着两条圆滚滚的多毛狗的女人，帮助她抬水、生活、洗肉、削土豆。

他最后脱掉了紧身大衣和帽子，他的脑袋并不像人们想象的那么秃，一绺灰发从前额迎着锅里的烟雾垂下，动刀切菜的速度并不快。在处理关键问题时，这两个拉尔森会变得很像，这个拉尔森就像是那个拉尔森的儿子。只不过年轻的拉尔森要比年长的拉尔森更加缺乏耐心，这个在小屋里被当作厨房的角落切菜——这就像是桩奇闻——的拉尔森要比年轻的拉尔森更会做戏。

那种日子持续的时间并不长。他帮忙做饭，跟狗一起玩，劈柴，慢慢表明他那双巨大的圆屁股已经永远选定了那个位置，那个温热烟大的角落。他固执地给土豆削皮，还就该撒什么调料给出自己的意见。他看着那个女人的大肚子，确保恶心感能让他不产生什么非分之想。他从没对她说过她没从自己丈夫那里听过的情话。在那些日子里，他变得开心、保守了起来，有些愚蠢、软弱、多愁善感。他露出了时日不多的样子，刻意夸大自己的衰老程度。

据说拉尔森并没有等太久，他已经做好了等上一个世纪的准备了，或者至少做好了忘记自己是在等待的准备。他肥胖，但灵活又殷勤，想要打动她。他倾尽全力，把这些年里毫无困难、未受阻力地通过剥削和折磨女人们时练熟的所有虚假的把戏、令人作呕的善意都耍了出来，因为他以后也不会再用得上这些手段了。

这已经是七月末的事了，当时人们都已经对冬天习以为常了，懂得如何享受它那柔和的刺激了，它以那种神秘的方式把事物和人隔绝起来，促使它们不断增长。要说憎恨冬天的日子，那还差得远，到了那时候，肉眼难见的新芽会让我们失去耐心，它们把那种沉重的云朵和霜雾化身成敌人，它们是没有尽头的春天被放逐的思乡之子。

到了晚上，几乎总是只有那个女人和拉尔森两个人在小屋里，因为加尔维斯——最近已经几乎不笑了——在吃完晚饭后会立刻离开那里，或者压根不在那里吃饭。加尔维斯不再笑了，他的脸就像是别人的，就像是死人的脸，厚颜无耻到让人难以忍受的程度。他摆脱了自己苍白的假面具，承认和炫耀孤独、沉思和放荡的冷漠。个别几个晚上，昆茨会在那里待到很晚，他打扰两条狗的美梦，试着教会它们用两条腿走路。但不管什么事，他都会主动成为同谋，不论是成功的事情还是压根没有开始做的事情。寒气让他泛红的皮肤皱了起来，同时还加重了他的外国口音。

拉尔森和那个女人谈论假证券的时刻终于到了。

"我不能去问加尔维斯要。这您是知道的，夫人，我不是在说他坏话，不过他确实不听人讲理。情况就是这样。他随便哪天都可能干出傻事来，跑去把那东西交给法院。所以说您也许愿意帮我这个忙，当然我对此也并不确定。但让我紧张的是咱们正处于危险之中。先假定他把东西交出去了，老佩特鲁斯被抓进了监狱。您知道债权人委员会是怎么回事吗？简单点说，就是个联合会。里面不过有十五或二十个人。可就是这个联合会现在保障了我们的生活，因为他们已经把我们忘了，把造船厂忘了，把糟糕的生意和亏掉的钱忘了。

可一旦法官签署了逮捕令，他们就会开始记起一切了。他们不会停留在说下面这些话的地步：'佩特鲁斯把我们扯进麻烦事里了，不过耐心点，他也是好心，他赌了一把，赌得比咱们还大，今天事情搞砸了。'他们会说：'那个老混蛋小偷、诈骗犯。他一直在骗咱们的钱，现在他肯定在欧洲的某个银行里有几百万存款呢。'这是人之常情。人们都是只知道点皮毛就敢大放厥词。到时候怎么办呢？我看得很清楚，您和咱们的朋友昆茨也会明白，他们会像恶狗一样冲咱们扑过来，把咱们啃个干净，想要从投资的每一百比索里捞回哪怕一分钱去。他们里面最没事儿干的人，例如某个无所事事的亲戚，或者某个被医生建议到乡下过冬的人，会在某个美丽的早晨从船上下来，把几张纸甩到咱们脸上，他这是在自找麻烦，不过对咱们来说一切就全都完了。而且还有很多事情也就一起完了。到时候在傍晚陪着那几个俄国人到厂棚去讨论价格、收钱、看着他们在两周内把所有货架搬空的就是那个人了。因为到了那个时候，每十五天卖一次东西的行动很快就要被冬末的大清算取代了。现在请您想想看：要是加尔维斯这么做的话，咱们所有人就都只能靠捡破烂儿过活了。咱们不是什么有钱人，但咱们也生活过，咱们知道更好的日子是什么样的，当然了，没法和有钱人的生活比。且不说我了，但是大家一眼就能认出您来。现在您有地儿住，一天能吃两顿饭。您还大着肚子。可别任由上帝让您过上苦日子，没房子住，狗子们连这个可怜的小屋也没了，您管这里叫'小屋'可真是太准确了。这还只是不幸生活的开始哩，更惨的状况要是您不想听，我也就不提了。不过您还是得再想想，咱们现在可离好日子不远了，老佩特鲁斯就要搞来资金了，造船厂马上就要东山再起了。还不止呢，政府也会帮忙，国家会给造船厂拨款，还会修建铁路，完成所有佩特鲁斯想都不敢想的工程。我可以向您保证。总而言之，想想您的状况，加尔维斯继续拿着那张证券是很危险的事情，我承诺加快卖东西的速度，把钱给您，让您存起来。不管怎么说，您肚子里的孩子是无辜的。"

她说没错，但是她不在乎。加尔维斯失去笑容的那种残忍性似乎跑到了她的眼睛里、甜美的脸颊上、她深思熟虑后表现出的贪婪中，她就是带着那种贪婪吸着烟望着炉子、两条狗的脑袋和虚无之处的。

"您不明白。"有天晚上她笑着对拉尔森这样说道，脸上还挂着种奇怪的同情般的表情。当时他们两人单独在屋子里，她试着修理收音机的一条电线，而且不让拉尔森帮她的忙。"举个例子，您可以爱上帝，也可以咒骂他。但是上帝的意志还是会被贯彻，您只能等着看贯彻的方式是什么：人们只能通过发生在自己身上的事情来明白上帝的意志到底是怎样的。加尔维斯的事情也是一样，您明白吗？从很多年前开始，从一开始起，就是如此。他可能会把佩特鲁斯送进监狱，也可能会把那张证券烧掉。重要的是我不知道他想怎么做，也不知道他会作何选择。我从来就不想问您这些事，尤其是现在，不过时候到了，现在的情况前所未有地糟糕。但我不是因为穷才跟您说这些的，而是因为咱们现在已经走投无路了。

他决定了怎么做的时候我就知道了，我就知道我要面对什么了。他就是这样。我知道他肯定就是这样。哪怕有了孩子他也不在乎。还有件您不能理解的事：您不能理解他。我确信他永远都不会用那张假证券把佩特鲁斯送进监狱。他信任过佩特鲁斯，他曾经相信佩特鲁斯是他的朋友，也相信他编的一切关于发大财的故事。佩特鲁斯当时把钱提前给了他，帮我们付路费，请我们吃饭，其实这些都毫无必要，因为我们要走的路早就定好了，不仅是他自己一个人的路，而且是我和他一起的路。我们刚来的时候，也住在贝尔格拉诺之家，那个脏洞穴当时宣称是'造船厂诸多高级职工下榻的现代化酒店'。第二天加尔维斯就去上班了，行政经理，您知道的，他到现在还是干这个，他是有能力的。您听着：那天早晨在贝尔格拉诺之家他一直在问我戴哪条领带、穿哪件衬衫才好。西装倒不用挑，一共就两件，就穿了轻便的那件。他去得比规定的时间早得多，然后就看到了那个猪圈，尽管不像现在这么惨，他见到了厂里的员工，几百个或几千个或几百万个工人和员工，正在享受更先进的法律到现在依然没有承认的福利，他们都是些老鼠、臭虫、跳蚤，也许还有几只蝙蝠，有个外国人叫昆茨，成天窝在被人遗忘的角落里画图、玩邮票。中午他回到贝尔格拉诺之家，只对我说会计工作做得很不好，所以他得加班。我那时并没觉得他疯了，我觉得他是想自杀了，或者已经开始那么做了，只不过自杀流程进展得很慢，一直持续到今天。所以我说他肯定不会把假证券交给法官。他留着那玩意儿不是用来报复佩特鲁斯的，他只是要让自己相信只要他愿意，他随时可以去报复佩特鲁斯，他就是想觉得自己有那个能力，他可以比佩特鲁斯更卑鄙。"

不过这事发生在拉尔森刚开始接近那个女人的时候，是他在圣玛利亚见迪亚斯·格雷、佩特鲁斯和巴雷罗并进入了那个失落世界的那个晚上之后，这种状态持续了比较短的一段时间。因为加尔维斯依然在晚上到离小屋很远的地方过夜，而拉尔森坚持想要说服那个女人要为了大家的幸福把假证券偷来给他的做法很快就有了暧昧的意味。拉尔森靠在桌子上，心不在焉地把一只手伸到两条狗面前，任由它们舔，头上依然戴着那顶紧紧的黑色帽子来御寒，谨慎地喝着深色的浓葡萄酒，他严肃而耐心地——甚至觉得已经超越了昔日的自己——模仿往日那种卓有成效的诱惑女人的独白，在面对那些让人惊讶、或全面或非具体的邀约或者威胁时大方地表示拒绝，但又有些半推半就。

女人变得更加安静了，言辞也更激烈了。加尔维斯吃完晚饭后就会站起身来，在套头衫上再套上件蓝色水手条纹线衣，他的身子根本就撑不起来，在他做这一系列动作的时候女人连看都不看他一眼。她不理会他用沙哑嗓音跟她道别，似乎也没听到他踩在僵硬地面上离开时的脚步声。她一边洗盘子，一边冲着嘴里叼着的香烟飘起的烟雾眨眼睛，洗完后她就把盘子递给拉尔森，后者负责把它们擦干。

她那么美，而且她的美还没有完全展现出来。拉尔森这样想道。要是她把自己洗干净，要是好好弄弄头发。不过像现在这样，哪怕让她在美容院一连待上几个下午，再把她带

去巴黎打扮打扮，而我又年轻十岁或二十岁，她也愿意跟我在一起的话，也没有任何用处。她已经定型了，就像是被夏日热浪灼烤过的田野一样干涸发烫，她比我的祖母"死"得还要透，而且我敢打赌，她肚子里的孩子肯定也活不成。

然后女人会拖着装着葡萄酒的小口大肚瓶倚着桌子坐下来，两人谁也不看谁。他们不紧不慢地喝着酒、抽着烟。风在小屋周围呼啸，钻进屋子，小屋就会变得越来越冷。夜晚像是被冻住了，静悄悄的，这样的环境使他们可以想象两条狗伸展开身子冲着平静的白色天空躺着，光滑的河面上，调皮的船只沿着河岸滑行。他们也想象小屋的一块木板到另一块木板之间的距离，哪怕有风也无所谓。但是拉尔森从来不敢打赌认为女人静止不动是在回忆往事。她的头缩在衣领之间，吸着烟，头发上满是油污，面朝房门。她就只是待在房子里，没有过往，怀着胎儿的肚子垂在腿间，她的腿已经跷不起来了。她说话很少，不用某个表情来做出回应的时候很少，不用让问题失去意义的头部轻微晃动来做出回应的时候也很少：

"父母把我生出来，而我现在就生活在这种鬼地方。"

但是她的激烈情绪，哪怕她沉默不言，也不像是由悲惨生活、即将生育或加尔维斯每天都在查马梅酒店过夜的现实引起的。没什么具体的理由。也许如今她已经不再是一个具体的人了，而是一个装着好奇心和期望的容器。她哼唱探戈曲，她不能保证自己的声音被听到，不能知晓她的笑容，或者至少弯起的嘴角，是否能和拉尔森的那些缓缓说出的、戏剧性的演说内容或对未来事件的猜测联系到一起。*就好像邋里邋遢、愚蠢无知的老习惯让她觉得一切皆有可能，一切都可能发生，现在就可能发生，无论是合理的，还是那成千上万难以计算的不合理的事情。*拉尔森心里想道。

不过这一点也并不确定，至少不完全确定，对于定义和理解当下的情况起不到作用，拉尔森也承认这一点。于是他在酒杯靠近嘴巴时喝了口酒，刚开始的动作十分迅猛，但是立刻用湿润的舌头挡住了酒，最后只喝了很小的一口。他又转身对着那个大着肚子的女人，用更加痛苦急切的声音开始说话，他还暗示自己决心继续一夜接一夜地等待，直到她能理解他、同意他的请求为止。

如今他已经不提债证券的事情了。他不断编织一些细致的幻想出来，提到自己的愿望和目标时，就像是在好色地暗示那个女人身体的某个部分才是他想要的东西，就好像把假证券交给他只是个象征性行为，象征着那个女人把她能交给他的东西都交给了他。

一夜又一夜，刚开始时他总是提心吊胆，后来就慢慢平静了下来，因为她总是显露出明显的耐心，也因为她总能让他相信她的沉默，她的那只没有完全被头发遮住的耳朵以及那种若有若无的笑容都意味着她正在默默地卖弄风情。在某个晚上，拉尔森确信"证券"这个词——也可能是"文件"或"那张纸"——不经意被他说了出来，那个女人冲着他的那侧脸颊就慢慢变红了，总是同一侧脸颊，左侧。

"您想让我帮您把那张纸偷出来，交给您。然后一切问题就都解决了，我们继续靠卖机器过活。可他呢？现在他要是没了那张纸，他就会感觉更加孤独，更加迷茫，这会比我死了带给他的冲击还大。从根本上来看，他爱的不是我，而是那张绿色卡片纸，他每晚睡前都会把它放到胸口上。当然了，我说的'爱'并不是真的'爱'。不过在现在这个时候，比起我来，他更需要的是那张纸。我不会去吃一张纸的醋，哪怕为了报复也不会。"

可除此之外，他还在查马梅酒店过夜，尽管拉尔森从来没拿那肮脏的地方来增加自己话语的说服力。

这间小屋刚修建的时候大概是用来存放工具、农具和口袋的，也有可能用来阻挡柴火味、鸡舍味和陈年油脂味，这些气味要比烂木头味、烂水果味和野兽身上散发出的气味更难闻。它属于那种有一面或两面砖墙的小棚屋，看上去那些砖墙从来就没新过，建造它们的泥瓦匠肯定是按废墟的标准动工的。剩下的东西，房梁、金属板和木板，都是没有建筑基本知识，只有耐心的人安装的，他们就只是将之视为遮挡物罢了。由于这座小废墟位置偏僻，在一片烂泥堆的角落里，所以显而易见它不是某栋住宅楼的附属品。

查马梅酒店离造船厂大概有五六个街区远，它坐落在那条之前军队行进的宽阔的道路上，不过现在，自从塔布拉达港搬走之后，那里就处于废弃状态，泥地上连一个马蹄子印儿都没有，经过那里的就只有某个孤零零的骑手或某驾摇摇晃晃、载着怨气十足的人在河岸和凄凉的小庄园之间行进的

单座两轮马车[1]。总有人会因为身体原因乘船到圣玛利亚去，他们患了某种庸医堂阿尔维斯能力范围之外的、毫无神秘之处的疾病。没人去买东西或卖东西，没人有钱，甚至没人有花钱的欲望。

在赶羊卖牛的人充斥此地的那个时代，查马梅酒店还没有名字，也不需要有名字，店里有两盏灯，一盏挂在入口处，入口只有一个，平时挂着个粗麻布帘子，另一盏挂在梁上。摞起的砖头上搭着几块木板，这就是吧台了，吧台上放着一瓶甘蔗酒和两瓶杜松子酒，后面站了个健谈的印第安老人，他的腰上别了把刀——也许不止一把——他总穿衬衫配灯笼裤，左手拿条让他心烦的马鞭，尽管可以确定他从很多年前就开始依靠步行了。一堆皮革堆放在光线几乎照射不到的角落里。

就这样，这就够了。等到它有了名字的时候——查马梅酒店，还有一行小字："店主已经换人，条件大为改善"——名字和那行小字就写在一块木板上，木板则被歪歪扭扭地挂在一棵标志着拐角处的矮香蕉树上，想要以此划定小路和主路之间的界线，倒也没必要往店里增添太多东西：几张桌子，几把椅子，几瓶酒，角落里再挂一盏灯，那个原本堆放皮革的角落如今已经摆上了乐师们奏乐的台子。在一条垂直落下的绳子上系着另一块牌子："禁止携带及使用武器"，字大得夸张，实际上没什么必要，唯一的用处就是讨好当官的，实

---

1 原文为英文。

际上那人就是个佩戴着军章的兵士，每天晚上都把马拴在拐角处的那棵树上。

　　老头甚至不需要去握别在腰上的刀把。他所做的无非就是从吧台走到某张桌子边站着，那桌人就得默默忍受他的存在。他站在那儿，动来动去，说个不停，但是说的无非就是在给酒店命名之前自己给这里添的那些玩意儿：木板啊，灯啊，酒啊。他很机灵，精神也好，从夜幕降临一直忙活到早上，从来不出错，一直等待着说出"这让我想起了……"或者讲那些满是谎言的陈年往事的合适时机。他和那位长官都有特权，可以喝醉酒不付钱，或者至少不用钱来付账，而且两人还有在地上拖马鞭的特权，一个拖得神气十足，另一个拖得软软绵绵。

　　不需要再添加更多东西了，实际上，除了架子上多了些能让人更快喝醉的酒之外，在讨论时唯一被认为是对酒店真正做出改善的就是乐师、吉他和手风琴，还有他们自然而然带来的结果：桌子靠两边墙摆放，中间几米满是尘土的地面上洒上水，然后就可以用来跳舞了。

　　不需要再添加更多东西了，因为剩下的东西——也就是说，查马梅酒店本身——客人们每天晚上自己会带来。他们来到此处，装点酒店，塞满酒店，他们每个人，不分男女，都是这块拼图的一部分。哪怕偶尔缺席，他们也依然会参与到对酒店的构建中去。甚至有人花钱来换取这样的身份。

　　他永远都不知道那些人是从哪里搞到钱的。佩特鲁斯股份有限公司几年前就停业了，这片区域里的小庄园也并不富有，雇不起长期雇工。也许其中有些人是在船上做活的，但最多也就两三个人。造船厂港现在只是来往船只的中转站，属于最清闲的港口之一。最近的厂子——都是做鱼罐头的厂子——也都位于十分靠南的地方，在圣玛利亚和恩杜罗之间。在贝尔格拉诺之家工作的小伙子是那家酒店的常客，还有位叫马钦的顾客，说他也是一艘船的老板，船是他从恩杜罗租下来的。不过其他十二或十五名顾客就不知道是些什么人了，这两打客人到了周六晚上就会拥到此处，他们身边的女人的衣服和妆容都让人觉得有些不可思议，都是些没有差别的婊子，只是些晃来晃去的颜色、香水和孔洞，她们要么穿着跟十分高的鞋子，要么就穿着草鞋，衣服则是舞蹈服，也有的穿着沾有呕吐物和婴儿尿液的靴子。

对他们的钱是从哪里搞来的进行揣测有些荒唐—— 一小杯酒就要一比索，一大杯随便什么喝的东西就要两比索——因为大家连那些客人是从哪里跑出来的都不清楚，谁也不知道从乐师们拒绝继续演奏，开始把乐器装进套子里的时候开始，到第二天晚上那个腰带上别着刀的老头子摇摇晃晃地爬上椅子点亮屋外的那盏灯，向全世界宣告查马梅酒店准时复苏的时候为止，那些客人跑进了哪个洞里，爬到了哪棵树上，又或者钻到了哪块石头底下。

在某个周六，拉尔森和昆茨一起去了那里，但是没走到吧台之外的地方。他既惊讶又痴迷地看着那些女人，他心里想着要是上帝真的存在的话，他就应该用单人单间的小地狱把冒着火的大地狱替代掉。根据人们的所作所为，经过神的审判后，每个人都被分到属于自己的地狱。他甚至还想到了一个永远处于周六午夜的查马梅酒店，那里没有停歇，也没有那些到了早晨累得半死、骑在马上要牛排吃的乐师，他觉得从开天辟地开始，他就注定属于那样一个地狱，又或者那是他逐渐赢得的地狱，就看是从什么角度去看这个问题了。

不管怎么说，他忍不下去了，他喝不下第二杯了，也不同意昆茨再多待一会儿的建议，他只是忍住了没往那已经尘土遍地的舞池上吐口水——带刀的老头子被装满水的喷壶压弯了腰，他站着，向乐师们示意不要再重复演奏那首华尔兹舞曲了——他忍住了，嘴里的痰越积越大，直到两人走到户外他才吐出来，其实他只是觉得恶心，还有点难以名状的恐惧，他不想让人觉得自己是在挑衅。

但是最近一段时间，加尔维斯每晚都到那里去。他跟占据了老头子位于吧台后方位子的散发瘦男人以你相称，后者接待客人时就不开口说话，行动十分精准，嘴里总是嚼着古柯叶，冷漠、清澈、心不在焉而又带着某种沉默的憎恨的眼神穿越厌恶、噪声和各种各样的色彩。

加尔维斯虽说有些厚脸皮，可还懂得保守克制，他跟那位警察长官讨论即将到来的世界会是什么样子，还说他知道些更好的地方，在谈到抑止堕落和日益混乱的价值观的问题时，他显得十分大胆。他有条不紊地抚摸每一个没主的女人，或者主人是他认识的人的女人，音乐一停他就走人，几乎每次到了这时候都已经喝醉。有时候，在某些奇怪的清晨，要是那位长官没搞什么奇怪的秘密行动的话，他们会一起回到造船厂，话题都聊完了，但还是会用新生出的精力来重复早就说过的话，长官骑马骑得不好，加尔维斯拉着马镫上的皮带，你帮我，我帮你。

只有在查马梅酒店的时候，加尔维斯才会露出那大大的、闪亮的、但静止而冷漠的笑容，宽宽的牙齿露在外面，就好像他在用它们呼吸。两人都没意识到，他的笑容透出的意思很像那个散着头发的年轻、嘴里总是嚼着古柯叶——"这样一来，我就既不吸烟也不喝酒了"——的年轻雇主的眼神。这位雇主把他赚一万比索的方法对加尔维斯讲了出来——但没提目的——就是从那些幽灵般的客人身上榨，从那些组成查马梅客人群体的为数不多的墓中居民身上榨，一比索一比索地榨，不管时间有多长。

出于某个已被遗忘的理由，拉尔森在暗示——没有成果——那个女人把假证券偷取给他并教给她偷盗方法的时候始终没有提及加尔维斯在查马梅酒店过夜的事情。

十五

凉亭之四·小屋之六

在那桩丑闻发生后的这段时间里，拉尔森每天下午六点到七点、周末下午五点到六点，都会到佩特鲁斯家的凉亭去。

他不知道佩特鲁斯是否在家，也不知道他是不是刻意忽视他们在凉亭里的会面。不管怎么说，刚入夜那会儿从那栋高高的房子里透出的遥远而平和的黄色灯光表示佩特鲁斯是在家里的。尽管有时拉尔森会怀疑在圣玛利亚那家酒店里的会面是否是真实的，但没什么东西能动摇他受命拿回证券、坚信协议存在而且他会得到补偿的信念。他不愿意问关于佩特鲁斯外出行程的问题，害怕自己听到的每个词语都在暗示失败或至少是成功延后的消息。而且，从深层次来看，调查就意味着怀疑：怀疑佩特鲁斯，怀疑他兑现承诺的能力，但尤其意味着一种抽象的怀疑，可怀疑恰恰是那段日子里他绝不允许自己做的事情。

女仆何塞菲娜一向毫不耽搁，打开铁门，不回应他的那些半友好半讨好的话，只是在前面引路，有时是独自一人，有时身边跟着那条狗。他每次都垂头丧气的，而且一次比一次更甚，就像是在做一场做过无数次的梦。如今，到了最后，就像是每个下午都在听某个无休无止、让人头昏脑涨的声音说同样的话，讲同样的梦。

沿着漫长的林荫道行走如今对他来说只不过是肉体上的磨砺，在行进的过程中，他总会小心翼翼地进行思考，就像是怕把鞋子在浑浊的水坑里弄脏一样。晚钟，铁门和在死气沉沉的黄昏中进行的等待。深色皮肤、带着敌意的女人。狗偶尔会露面，不过每次都能听到微弱但刺耳的狗叫声。无人打理的花园，三个身上潮湿、笼罩在阴影里的人，几个捉摸不透的白色雕像。那是一场缓慢的、极度缓慢的朝圣，就像是被变硬的空气阻滞了一般，他们走进凉亭，走到带着紧张的、欢迎般的笑容的女人面前。从房屋高层上射出的黄色灯光无比平和，它渐渐升高，抬高到天空之上。再然后就要面对她了，她是个让人疲惫的永恒的谜团，是他不可避免地要去诱惑的神秘事物。

一个下午，又一个下午。在贝尔格拉诺之家房间中的衣柜镜前最后再看一眼，凉亭就像条小船，他会乘着它下水一小时，要是碰上节假日，就下水两小时。因为她所做的只不过是提问和聆听，再以笑容和沉思作为回应。

她是个女人，这毫无疑问，而且是个漂亮的女人，很难以接近，从细微之处来看，她会给予他某种不断完善的未来，而他，拉尔森，则拥有保护她、诱惑她的特权。但现在并非充满希望的时刻，而只是单纯等待的时刻。

拉尔森被冻得缩成一团，一个胳膊肘撑在石头桌子上，避免身子滑落下去，几乎对楼上被暖洋洋的空气带来的幸福感和铜色的灯光包裹着的佩特鲁斯是否在享受自己的荣耀感到无动于衷。他用低沉的嗓音说话，言谈十分克制。最开始他严格遵照顺序进行讲述，符合逻辑和交流沟通的那些众所周知的规定。先从朋友们谈起，谈谈十八岁时的生活，某个女人，令人生厌、棱角分明的神像，台球室、藤忍冬和某几条分布均匀的家庭谱系分支。

因为她并不是什么大人物，也因为她只能半张着嘴巴用含糊的声音作答，再加上凉亭出口处的光亮照到她的脸上，倒显得她有些好看了，拉尔森很快就不再理会她这位听众了，只是慢慢地讲着，一个黄昏接一个黄昏地讲着，讲那些他依然觉得有趣的回忆。他激动地讲述那些毫无疑问发生过的轶事，它们依然保留有新鲜感，因为哪怕到了现在他也没有发现某种迫使他掺和到那些事里去的动机。

因此，在一个又一个黄昏那寒冷的阴影中，他漫无目的地讲述自己的故事，没有说话对象，面对的只是个空荡的空间、癔病般的低沉笑声、圆月般的一堆乳房，他讲述，只是为了赢得时间。出于虚荣和羞耻心，他对事实做了些许扭曲，他有能力谈任何事，也有能力就任何事撒谎。而她什么也听不明白。

就这样，八月二十二日很快就到了，这个日子非凶非吉，而他也懂得怎样把秘密保留到最后。这天开始的时候云层很厚，不过中午之前就放晴了，这样一来天气也就和前几天一样了，后来也出现了一轮晚出的圆月。这是个无风的夜晚，坚实而冰冷的月亮升到了河水、造船厂和冬日农田的上空。

这一天和平时没什么不同，尽管后来拉尔森一直在回忆之前从未有过的那些预兆，它们在那一天不断出现在他面前，都是些无可争议的征兆，但他却压根没有意识到。

那天他六点钟离开总经理室，到贝尔格拉诺之家第二次剃胡子，然后在七点钟准时来到佩特鲁斯家的大铁门前。那个姑娘梦到了马，或者她编造出了一场有马出现的梦。在最近这段时期，安赫莉卡·伊内斯的梦，她用柔弱而纷乱的嗓音突然嘀咕出的句子和概述，在拉尔森看来都是些挑战，是预设好的话题。他对自己经历过的事情的丰富性十分自信，除了挑选合适的故事来谈之外再不担心别的了，于是他只是耐心地微笑着听那个姑娘说的那些含含糊糊的事情。

这次她说："那匹马把我舔醒，想要在死前提醒我将要面临的危险。"他等待着她安静下来，他想先对那匹马和曾经存在于这个世界、后来逝去的许多事物表示友好，然后再讲他的事情。他第一次觉得自己失败了。这是个爱情故事，而他不得不把英雄的角色让出去了。他想消失在凉亭的阴影中，强迫自己体味这个由其他许多孤独的黄昏凝聚而成的孤独黄昏，不为了自己，也不为了她。他谈到了自己对一匹换了毛和名字的马的无尽喜爱，尽管吃了背叛的苦头，但它依然是不可战胜的动物。他谈到了它的蹄子，它的脑袋，它参加的比赛，它只展示了一次却让人铭记永远的勇气，还有它那已经灭绝的种族特有的至高的傲气。谈论爱意一向是很难做的事情，要解释它就更不可能了，更别说那种听者或读者了解不到的爱了，最甚者是那种连叙述者心里都只残留着某些与之相关的零星事件的爱。

他提到一个伴着冬日太阳的下午，提到一个赛马场，提到一群人和他们持续了三分钟的狂热激情。他可能看到了什么。马儿们似乎为了追逐永恒而奔跑，看不出它们有多么努力，因为它们遥远而渺小。人群之前还在纷纷预测赛果，后来则变成了强求。喊破了嗓子的朋友们的兜里揣着一大摞已经变得分文不值的赌马票。他不知道她能不能听明白。他不想屈尊解释某些词语的意思：看台、名次[1]、直道、围栏、五十九分、分红、规定动作。但不管怎么说，他知道他所做的只不过是在折磨人般地暗示他对一匹马的爱意，或者对两匹或三匹马的爱意，又或者是对生活的爱意，对他曾经热爱过生活的记忆的爱意。把那些说完，已经八点钟了，他在凉亭的门口低下头，来给出并接受紧闭双唇的干巴巴的亲吻。

他又有了对冬日和衰老的意识，他觉得自己需要某种甜蜜而疯狂的补偿。他又重新走上通向造船厂的路，迈着小碎步躲避荒地上的烂泥，最后决定朝着小屋黄色的光芒走去。他走上三块木板台阶，穿着大衣走进屋里，没有看那个女人。两条狗凑近过来闻他身上的寒气。他抬腿把它们赶走，想踢

1　原文为英文。

它们的嘴巴，后来他把脸凑向墙上的挂历。就这样，他平静地得知那一天的落日时刻是十八点二十六分，当天有满月，他和所有人都迎来了圣母无玷圣心节。

女人从屋外进来，他没听到她的脚步声，等他觉察到时她已经走到屋子中央了。他转过身盯着她，也让她看着自己。他最后才慢慢明白，也许正是圣母玛利亚的名字改变了一切。她戴着齿状王冠，坚硬的头发上尘土遍布，再往下是她的眼睛和笑容，也许转变就是由那个女人的面孔开始的。

"晚上好，"拉尔森慢慢倾斜脑袋，说道，"夫人。"他感受到了恐惧，就像是又有一阵寒意袭来，又好像恐惧成了忍受寒意的又一种方式。"我路过这里，进来看看您。再了解下情况。我可以去贝尔格拉诺之家带点吃的过来。或者您要是乐意跟我一起去饭店吃的话，我会很高兴的，这样要好得多。当然了，我会陪您回来的。要是加尔维斯这期间回来了的话……咱们可以给他留个纸条，写两行字。您肯定看过月亮了，今晚正适合赏月。咱们可以走慢一点，这样就不累了。您再给头上裹点东西，外面还在下毛毛雨呢。"

那个女人没把门关上，在她毫无光泽的头发、眼睛和笑容的上方，拉尔森礼貌地对着这张苍白的面孔讲话，他在争取时间，可时间没有任何用处。

那不是一种他可以满怀善意地对某个重归于好的友人、从死亡或遗忘中浮出的可以辨识的沮丧之人解释的恐惧。已经到了那个时刻了，*某样毫不重要也毫无意义的事情在迫使我们醒来，迫使我们去看清事物本来的面目*。那是对做戏的恐惧，是对解脱的恐惧，第一个预示着这场游戏已经脱离他、佩特鲁斯、所有参与其中的人——他们以为自己是凭喜好参与进来的，而且只要说句"停"，这场游戏就能停下来——而独立存在的明确征兆已经出现，而那种恐惧正是他面对这种征兆时的反应。

她倚靠在桌子上，显得有些驼背，头却抬得高高的。两条狗围着她转，无精打采地朝着在肚子处隆起的大衣跳。

拉尔森觉得自己渺小又哀伤，他朝着木板墙和挂历上的黑色数字后退几步，用两只手捏住帽子，依然维持着心不在焉的亲切表情。他觉得唯一可能获得的宽慰只可能从屈服和荒唐举动中寻觅到。

"夫人，像今天这样的夜晚可真是太冷了，明天外面肯定会结一层白霜。但咱们所有人都知道今天晚上能赏到满月。"

他摇晃脑袋深吸口气，在取出手帕擦拭前额之前，他用手腕蹭了蹭凸起来的左轮手枪。

"月圆之夜。"

两条狗此时已经躺下了，只是偶尔满怀期待地把鼻子凑到女人身上去。拉尔森又望向她，她和刚开始一样，就像是既没看到他，也没听到他的话。她的笑容依然静止不变，空洞而苦痛，让人无法承受。嘲讽、控诉和好奇已经从她的眼睛里消失了。或者说她在看他的时候，眼神中带着的是双重的好奇，是不属于任何主体的好奇。仿佛她已经不再是个人了，她变成了一种动作，一种注视别人的能力。而被她盯着的事物，拉尔森、这个房间、黄色的灯光、食物冒出的稀薄热气，都只不过是些参照点，她只是在证实他们的确存在罢了。

现在要开始了。 拉尔森已经开始这样想了。他又微微欠身，带着几乎算得上悲伤的笑容说道："现在要开始了。"

于是她点头说是，又抬起一只手来示意他等一等。她弯腰的时候把桌子碰响了，然后猛地转过身去，不让他看到她的脸。

远处传来阵阵音乐声。一辆外地来的摩托车沿着军队之前走的那条路慢慢行进过来，走走停停。后来她慢慢转过身来，不像之前那么害怕了，她的表情像个孩子，泪水像是把她的眼睛变小了。

"您跟我发个誓，今晚别把我一个人留下，您想知道什么我都可以告诉您。跟我发誓，只要我不让您走，您就不会把我一个人留下。"

"好的。"拉尔森答道，然后举起手指。

她颤抖了一下，有些沮丧地看着他。

"那就好。我求您这么做是因为我想要信任您。"

她弯腰寻找长椅，然后坐了下去。拉尔森从挂历的位置望着她，尽管寒冷，可她身上却出汗了，她像是在听着什么，又因为听到了什么而感到恐惧，又好像她只是专注于感受被牙齿紧咬的嘴唇的味道。她不好看，头发凌乱，皮肤泛黄。可拉尔森却觉得她比任何时候都更可怕、隐秘而不可侵犯。

今晚正在吞噬她的东西——不管是什么，大肚子也好，醉意也好，月光让她突然看到的某样东西也罢——都是在获

得了她的许可后才开始吞噬她的，已经得到了她的允诺。它在吞噬她的同时也在滋养她。也许外面的光线让她想起了她是个人，更加对我有利的是，她想起了自己是个女人。她觉察到了自己正住在一座小狗窝里，而且并非独自一人，正被一个男人，一个陌生人，随便什么人注视、侵扰，因为他已经不爱她了。不，刚好相反，因为尽管看上去不是这样，但她毕竟是个女人。男人之所以是陌生人是因为她已经不爱他了。也许她到屋外去是出于某种需求，她非自愿地望向这边，望向这些木板、铁皮和用链子固定住的三级木板台阶。在月光的照射下，一切都是新的、未知的。她要衡量自己的悲惨境地以及年龄，还有失去的时间，以及所剩不多可供她浪费的时间。

"等我让您走的时候，"女人说道，"您就快走，别跟任何人说任何事情。要是您遇见了加尔维斯，别跟他说您跟我在一起的事情。"

她用袖子擦了擦脸，突然十分平静地把脸抬了起来。汗渍的亮光似乎让她重焕青春了。她的眼神和笑容里透出的只有与拉尔森成为同谋的邀请。

"我还没把东西偷来，"她嘟囔道，"现在我下定决心了。不过不要紧，我肯定会把它偷来的。那个瓶子里应该还有点白兰地。加尔维斯几乎每次都是醉着回来，但他从来不在这里喝酒。他尊重我。他尊重我。"第二次重复时她故意拖慢语速，寻找这四个字的意义。然后她笑了笑，看了看夜色。"最好还是把门关上。给我支烟。假证券已经不在这儿了，我觉得加尔维斯手里也没有。事实是我早就决心把它偷来交给您了。但是他突然就失去了理智，他把那个纸当成个女人那样去爱。我觉得他再也不爱这世间别的东西了。只爱那张绿色卡片纸。我确定他没了它肯定活不下去。"

拉尔森给她点上烟，摇摇晃晃地跺着脚去关上房门、寻找酒瓶。酒瓶在床底下，没盖盖子。他还找到一个铁罐子，把它放到了桌子上。他拖过来一个大木箱，弯腰坐了下去。他把帽子放在膝盖上，也给自己点了根烟。他不想抽它，只想看着它在自己的指尖燃烧，看着它照亮自己干净而肥大的指甲。他不想看那个女人。

"对了，您不喝酒，"他喝了口酒，露出沉思的表情，"所以说证券已经不在了。也没在加尔维斯手里。会不会在昆茨那里？"

"那个德国人怎么会在意这种事情呢？"她依然弓着身子，但是表情平静而愉快，"事情是今天下午发生的，我什么也做不了，我真希望自己能早点做些什么。加尔维斯三点钟从造船厂回来，坐了会儿，没有说话，偷偷盯着我。我问他是不是需要些什么，他就只是摇了摇头。他就坐在那儿，坐在床上。我吓了一跳，因为这是很长时间以来我第一次感受到幸福的气息。他就像个小伙子那样盯着我看。后来我问累了，就到外面洗东西去了。我正晾晒衣服呢，他从后面走过来摸我的脸。他刚刮了胡子，没有找我帮忙，自己就把新衬衫换上了。'所有问题马上就要得到解决了'，他这样对我说道。但是我知道他当时心里想的只是他自己的那些事。'怎么解决？'我问他。他只是笑、摸我，就好像一切问题对他来说真的就要全都解决了。看到他那么高兴，我心里很激动。我再没问他别的事情了，我任由他抚摸我、亲吻我，想多久就多久。也许他是在跟我告别，但这事儿我也没问他。没一会儿他就走了，他没往造船厂的方向去，而是沿着厂棚后面那条路走了。我呆立原地，望着他，因为从他走路的速度和情绪来看，他似乎年轻了不少。就在他要消失不见的时候，他停下脚步，又回来了。我没动，待在那儿等着他，尽管他慢慢走近，但我却渐渐觉察到他并没有后悔。他对我说他要去圣玛利亚，他要把那张假证券交给法官，他要发起指控，我记得他是这么说的。他对我说了这些话，就好像我对这些东西很感兴趣似的，仿佛他是为了我才那么做的，似乎那些话是他能对我说的最美的情话，而我则很希望听到它们。再然后他就真的走了，我继续晒衣服，这次没再看他走远了。"

拉尔森假装生气，又假装很感兴趣。

"很奇怪，我既没见到他，也没听说这件事。他应该不是在造船厂港上船的。既然他三点钟来到这儿，还耽搁了一会儿，那么他就不可能暗示到法院提起控诉。法院五点钟就关门了。考虑到从这儿去圣玛利亚有一小时的路程……"

"晾完衣服后我感到身上有些疼，我进屋去静静地躺在床上，等待着。但是在疼痛消失之前我就把它忘掉了，因为在我身上突然发生了些事情，就好像有人在屋里大声说话。我从床上跳下来，到衣柜里翻找。里面几乎没有衣服了，只剩下些他搜集起来的剪报，因为上面讲的都是跟造船厂和诉讼官司有关的事情。我找到了大糖罐，我们时不时地存一点钱进去，以备那个时刻的降临。罐子的颈很长，口很小。很难把钱从里面取出来，我们当时觉得等到小家伙出生的时候，我们两人中的一个只有打破罐子才能拿到钱。我用一根毛衣针扒拉了一下里面。但是他在离开之前已经做过同样的事情了。我甚至连我们一共攒了多少钱都不知道。那时候我才明白他是真的走了。我并不想哭，没生气，也不觉得难过，只是有些惊讶。我已经给您说过了，我看着他走远的时候觉得他年轻了不少。后来我才想到我那时感觉他比我认识他的时候还要年轻得多。一个认识我之前的加尔维斯，一个应征之前的加尔维斯，在长满野草的小路上摇摇晃晃地走远了。他再也没回来，他成了另一个人，一个跟我和您都没有任何关系的人。您现在想怎么做呢？您什么也做不了，您得等我允许您离开时才能走。"

她笑了，就好像那种禁令和她讲述的一切都只是玩笑话，关于加尔维斯离去的事情也是她编着玩儿的，就只是为了留住拉尔森，好跟他调情。

"这么说情况就是如此喽，"拉尔森说道，"好吧，我不得不告诉您，加尔维斯的做法对我们所有人而言都意味着末日。在一切问题都将得到解决的时候，他却突发奇想做出这种疯事儿来。这真是太遗憾了，对我们所有人而言都是如此，夫人。"

但是坐在长椅上的她已经无心听拉尔森讲话了，她正透过方正的小窗户望着外面的夜色。

*也许他没去圣玛利亚。既然他把钱拿走了，那么我很有可能可以在查马梅酒店找到烂醉的他。我会到那里去跟他聊聊。*不过此时此刻，他还是不觉得生气，也觉得有些索然无味。因此两人都那样静静待着，十分平静，拉尔森又从铁罐里喝了几小口酒，偷偷看着那个女人。女人此时的表情带着几丝嘲讽和惊讶，就像是想起了刚刚做过的某场荒诞的梦。他们就这样一起待了很长时间，两人都静止不动，也一直没有互相靠近。她发起抖来，拉尔森能听到她牙齿打战的声音。

"现在您可以走了。"她望着窗户说道，"我不是在赶您走，不过您留在这里也没什么用。"

拉尔森一直等到她站起来之后自己才站起来，他把帽子放到了桌子上。他在向前走去时还在看着她大衣隆起的位置，看着那里紧绷的扣眼，看着领子上扣着的别针。他没有想做那种事的欲望，但也找不到能代替欲望的意图。他看着她那张泛黄而闪亮的脸，还有那双审视过他的冷漠的眼睛。他小心翼翼地把自己的肚子贴到了女人的肚子上，轻轻抓住她的肩膀，用指肚揉搓粗糙的布料，吻了她。她由着他吻来，还张开了嘴巴。只要拉尔森想，她就会一直这样保持不动，气喘吁吁。然后她后退了几步，碰到了桌子，再然后，她慢慢地、毫不掩饰地抬起手来，往拉尔森的脸颊和耳朵上扇了一巴掌。这一巴掌比那个吻更让他觉得幸福，更有能力给予他希望和救赎。

"夫人。"他嘀咕了一句，两人都筋疲力尽地盯着对方，都有点喜悦，也有点微小而炙热的憎恨，就好像他们一个成了真正的男人，另一个成了真正的女人。

"您走吧。"她说道。她把手塞进了大衣口袋里。她安静了下来，显得有些慵懒，从嘴角能看出温顺和愉悦的痕迹。

拉尔森拿起帽子，走到门口，试着不弄出声响。

"您和我……"她开口说道。

拉尔森听到她轻柔地笑了，他听到了那种懒洋洋的沉重声音。他保持沉默，慢慢转过身去，不是为了看她，而是为了展示他自己的那种充满愁思的面孔，那种表情表示他需要的不是理解，而是尊重。

"您和我之间也存在着一段时间，就像您自己说的那样，"他说道，"咱们本可以在您认识他之前相识。"

"您走吧。"女人重复道。

在踏上三级台阶之前，在看到月亮、感受到那更易于忍受的孤独之前，拉尔森像是在道歉一般低声说了一句：

"所有人都会经历这种事。"

十六

造船厂之六

　　无论是那天晚上还是接下来的几个晚上，拉尔森都没能找到加尔维斯。拉尔森证实了后者没在圣玛利亚法院发起任何控诉，不过他也没回小屋或造船厂。在巨大而冰冷的办公室里，迎接拉尔森的就只有死气沉沉的昆茨一人，他一边喝着马黛茶，一边慢慢心不在焉地展开旧的工程图纸和从未被建造出来的轮船的图纸，又或者只是把邮票在集邮册里变换地方。

　　昆茨已经不再接近总经理室了，拉尔森也不再对文件夹里的东西感兴趣了。他知道结局就要到了，就像病人能预感到终了时刻那样。他辨识出了一切外部征兆，但他更加相信自己的身体给他的警告，更加相信在备感无聊和意志丧失的状态中隐藏的东西。

　　他带着怀疑劲儿利用着早晨生出的精力，几乎总能用救护、维修、欠债、诉讼之类的往事消遣上几个小时，他什么都无法理解，而他对此也并不在乎。寒冷的灰色光线穿过窗户照射到倾斜身子研究那些往事的他的身上。他活动嘴唇，发出声响，听着口水在嘴角发出的噗噗声。

他在那里待上一两个小时，待到中午。他还可以拍拍昆茨的肩膀，跟在他后面走下铁楼梯，挺直身子，显得肥肥大大的，他还能假装出思考问题的样子，但实际上他已经被击垮了。

现在做饭的人常常是昆茨。昆茨并没有提前宣布此事，也没和那个女人达成协议，某个早上，昆茨点起火来，从女人手里拿走了她正在洗的蔬菜，仅此而已。他们三个人聊时间，聊狗，聊奇怪的新鲜事儿，聊天气对渔业和农业的正面和负面影响。

不过到了下午，拉尔森就不可能再伏案察看文件夹里的东西、默念那些早已死去的字眼儿了。下午时分，孤独和挫败感会在寒冷的空气中变得异常坚固，拉尔森除了发呆什么也做不了。他曾有过希望，觉得自己可以提起兴趣来，认为自己得到了救赎，但这种希望现在已经丢掉了。他憎恨加尔维斯，他不得不在憎恨、复仇和完成一系列报复行为的过程中找到某种结局。

每天下午，无论乌云密布还是晴空万里，透过破碎的窗户映入屋内的冬日天空都会包裹住那个已经自暴自弃的老男人，他就那样麻木地待在那种背景中，任由脑海中闪过混杂的记忆、不成熟的想法和不知道从哪生出的画面。从两点到六点，空气啃咬老人那营养不良、垂头丧气、嘴巴张开的面孔，他朝着口内部分的嘴唇不断因为呼吸而颤动。圆圆的脑袋几乎秃了，只留了点灰白色的头发，其中一绺孤零零地垂下来，压在眉毛上。他那又弯又窄的鼻子倒是挺得高高的，和面部堆积的脂肪、衰老的表征比较起来，像是个胜利者。他的嘴巴无力而匀速地朝着地基般的脸颊伸展开去，再缩回来。他像个痴呆老人，就差流口水了，用大拇指钩住背心，在座椅和写字桌间扭来扭去，就像是坐了辆正在逃亡的车子，在坑洼的地面上颠簸。

可能正因为万物皆有终了时，所以有些人注意到从上游来的船只慢慢不再运送北部和某些岛屿上丰收的小橘子了，有些人则注意到正午的阳光笼罩在水盆里的水上，吸引来猫猫狗狗和盘旋飞舞的小苍蝇，还有些人注意到白天树上的新芽鼓出来，到了晚上又会被寒气冻掉。有可能这些神秘事件和那封信是有关联的。

那是个周四。一艘船在午饭时间捎来了信，贝尔格拉诺之家的老板波特斯派用人把信送到了造船厂。那个小伙子按了门铃，但没人回应，于是他上楼来到办公大厅里，昆茨正在一张碎裂的纸上临摹、完善一个模糊的设计图。那是十年前设计的一台打眼机，每分钟可以打一百个孔。昆茨知道在遥远的国度正在售卖一种每分钟可以打五百个孔的打眼机。于是他每天工作七小时，因为他确信自己有能力改善他在清理堵塞管道时发现的这张旧设计图。他坚信只需做出一些调整，这种打眼机理论上就可以每六十秒打一百五十个孔。

他充满敌意地接待了那个用人，可装信的信封却让他心中一动。

"这是给拉尔森先生的信。"小伙子提醒道。

"我看到了，"昆茨答道，"要是你正在等着我给小费的话，我劝你还是早点拍屁股走人吧。要是你在等的是别的什么东西，我也不可能拿给你。"那个小伙子用尖细的嗓音低声咒骂了一句，走了。昆茨一动不动，依然站在巨大的大厅中央，他慢慢从震惊和怀疑中缓过神来，带着敬意、迷信和内疚看了看信封上歪歪扭扭的红色邮戳和机打的文字：*造船厂港，佩特鲁斯股份有限公司总经理先生收*。

他有些茫然，不敢相信这一切，觉得自己不配相信这一切，他再次把信封凑到眼前。因为最开始的时候，也就是佩特鲁斯任命他为技术经理的时候，还偶尔会有些信寄到，大多是漫不经心的制造商或设备进口商的商品名录，银行、信贷机构的通知函，他们还得把这些东西转寄去省会的债权人委员会。那些是能够对全世界、对除了那些幽灵般的经理之外的依然怀有希望的人证实造船厂真实存在的最后证据，不过短短几个月后，这些证据也就停止出现了。就这样，被所有人的怀疑情绪拖动着，昆茨也就渐渐丢掉了最初的信念，这栋腐坏严重的大楼也就变成了某个已然消失的宗教的废弃神庙。老佩特鲁斯隔很长时间才说一次而拉尔森定期就会说的那些关于起死回生的预言完全无力让他重拾信心。

这么多年过去了，如今信再次出现了，不容置疑地躺在他的手里，是从外部世界寄到造船厂来的信，它似乎为一场无休无止的神学论战画上了休止符。这是个奇迹，它宣告了上帝是真实存在的，就是他，昆茨，曾经咒骂过的那个上帝。

昆茨希望别人的信念能被重新点燃，也喜欢自己的信念一同再现，于是他走进总经理室，连门都没敲。他看到了那个在写字桌后摇来晃去、一脸惊讶的老人，那双无用的手瘫放在一堆凌乱的文件夹上，双眼外凸，什么也没问。昆茨也没做解释，只是把信封放到了写字桌上，刚好放在拉尔森手边，只说了一句话，他觉得这就够了：

"瞧瞧，一封信。"

拉尔森从空虚转换到了任何人或物都无法削弱的孤独状态。然后他笑了，再然后就拿起了信封。他立刻就做起了昆茨疏忽了的事情：看邮戳上的字，他在那个半圆里看到了圣玛利亚的字样。他在小心翼翼地裁剪信封时冷漠地想到了佩特鲁斯。昆茨慎重地走到漏风的窗户边，开始装填烟斗。一句脏话引得他回过身来。拉尔森已经站了起来，重抖精神，怒气冲冲，他把信交给了昆茨。昆茨读了信，越读越慢，为自己刚才的情绪感到羞愧。

赫雷米亚斯·佩特鲁斯股份有限公司总经理先生：

向您致敬。本人冒昧叨扰，目的是通知阁下本人决意辞去行政经理一职。本人在您所在公司担任上述职务为期已久，其间也得到了国内各方的支持。本人也承诺放弃因本人疏忽未及时领取的工资。此外，本人也放弃您下令出售厂棚物品换取的赃款的三分之一数额。请允许我补充一个信息，今天早晨，由于并无其他解决办法，赫雷米亚斯·佩特鲁斯甫一下船就被投入监狱，因为本人已在数日前将本人曾向您汇报过的假证券提交法院。本人当时和警察一同在码头上，佩特鲁斯先生假装没有看到我。我猜想他无法接受如此"忘恩负义"的做法。圣玛利亚旳人告诉我您在那里是不受欢迎的人。本人对此感到遗憾，因为我本希望您能来说服我做了错误的选择，细致地对我描绘我们即将在明天或后天迎来的美好未来。我们本有继续愉快生活下去的机会。

A. 加尔维斯

"真是个婊子养的东西。"拉尔森震惊地嘟囔了一句，旋而陷入沉思。

信从昆茨的手里滑落到地上，他弯腰捡起了拉尔森扔到地上的盖着邮戳的信封，然后一步步走回大厅，走回他正在描画的蓝纸前。

拉尔森立刻就明白了他该怎么做。也许他在这封信送来前就明白了，或者至少行动的萌芽已经有了，此时只是被迫要去付诸实践罢了。似乎人类的所有行动都在被实践之前就已经存在了，只是在等待着合适的人去做。

他知道自己需要做什么、必须做什么。不过他并不在意其中的原因。而且他明白无沦他做不做这件事，风险都一样。因为如果他不去做，在已经预见到了那次行动之后，它会摆脱空间和人生的束缚，在他的体内剧烈而野蛮地生长，直到将他摧毁。如果他接受去做的命运——不仅是接受，在接受的同时就已经开始完成这一宿命了——那次行动也将会飞速从他最后的力量中汲取养分。

他已经习惯了在逢场作戏中汲取力量。他极度绝望，连观众都不需要了。他笑了，既有挑衅的意思，也有同情的意思，他脱下大衣和上衣，对着已经掉色的大衣腋窝处露出的白色线头惊讶了片刻。然后他把左轮手枪放到桌子上，把子弹取了出来。

他又坐下了，又思考了起来，装出坚毅的神情，他就那样静待时间流逝，直到那个冬末恬然的午后开始消逝为止。他一次又一次把手指扣到扳机上，一次又一次蹲到地上。周围一片寂静，只有偶尔几声狗叫、牛叫和在远处摇摆于河上的船只的汽笛声。

大约下午六点钟时，快要冻僵了的拉尔森又把子弹重新装回到了弹匣里，又把那把武器塞到了腋下。他重新穿上衣服，按了按响铃，呼唤技术经理。昆茨在门外探进头来，表情显得有些疲惫，但还带着履行了自己职责的员工应有的平静感。昆茨看着他低着头在窗户和电话总机之间走来走去，手背在后面，扭着一侧肩膀，偶尔用手拨弄一下垂到额头前的那一绺头发。在昆茨心里，那种宗教般的失望情绪减弱了他对拉尔森的敬意。他点燃烟斗，决定静静等着，提前生出了疑心。拉尔森的脑袋停在了离昆茨的肩膀很近的地方，然后慢慢抬起来。昆茨发现拉尔森的神情更冷酷也更鲜活了。

面对拉尔森眼睛里闪烁的光芒以及嘴角摆出的那种老谋深算的残酷笑容，昆茨警惕了起来。

"那几个买东西的人，"拉尔森说道，"得立刻把那几个俄国人叫来，给他们说咱们想卖东西。得让他们明白咱们不会就价格跟他们扯来扯去。不过他们必须今天就来，随便什么时间。您明白吗？我负责接待他们。"

"我可以给他们打电话。但是让他们今天来可就难了。也许明天一早……"

"去打吧。我希望您也在场，请别走。咱们一起卖东西。只卖够我去一趟圣玛利亚找到那个狗娘养的东西的量就行了。或者卖足够给佩特鲁斯请律师的量。我不确定请您陪我一起去合不合适，也许最好还是有个人留守在造船厂里。"

昆茨摇了摇头。他的内心十分平静，对神啊人啊的事都不感兴趣了，他同这个世界的联系就是改善那台打眼机。

"就算您找到了加尔维斯，又有什么用呢？"他试图一探究竟，"恐吓他，殴打他，杀了他。佩特鲁斯还是会坐牢，法院会随便派个人来把咱们赶走。"

"我之前也为这些事操心过。不过收到那封信之后，或者说从那封信被写出来的时刻开始，一切就都变了。这事儿已经结束了，或者正在结束。眼下唯一能做的就是选择结束的方式。"

"随您的便吧。"昆茨答道，"我去给俄国人打电话。"

因此那天晚上，在派贝尔格拉诺之家的那个用人给佩特鲁斯家捎去信息之后，在房间里衣柜上那面失真的镜子前盯着自己——像在打量陌生人，像在看某个已死的朋友毫无波澜的面孔，像在单纯观察自己身上还有多少人的气息——之后，拉尔森高傲而不失礼节地在那两个买家中间走到了被远处卡车的车灯照亮的厂棚入口处。昆茨提着两盏灯走在前面，在把灯挂高后他退到了门边，他并不想掺和这次交易。

拉尔森坐到一个大箱子上，两只手插在大衣口袋里，装出主持交易的样子，却显得怒气冲冲，几乎没有开口说话，实际上已经暗下决心，不跟买家议价。那两个买家在厂棚里逛了一圈，有时会取下一盏灯来查看某个结了冰的阴暗角落。他们时不时地拖着某样东西回来，把它放在此时已经挂到了拉尔森脖子上的那盏灯的灯光能照射到的位置，然后后退一步，一唱一和地开始表示后悔选了那样东西，拉尔森则恶狠狠地说道：

"没错，朋友们。这玩意儿朽了，氧化了，不好用了。收两位一比索都是在敲诈。那么两位打算出多少钱呢？"

他听到报价，点头表示接受，然后咒骂一声，就骂一个词，两个字。当卖东西的钱达到他认为自己需要的一千比索时，他站了起来，给两人递了烟。

"抱歉，买卖结束了。交钱装货吧。不开收据，不收支票。"

昆茨走进来，把两盏灯拿好，沿着荒地慢慢走远了，每只手上都散发出一股又圆又白的光，光有些偏斜，因为南风起了。拉尔森待在原地，恼火地冲着已经开始启动的卡车一侧发抖，他看到卡车在经过小屋时关掉了车灯。

十七

圣玛利亚之五

　　拉尔森最后一次降临那座受到诅咒的城市的旅程就这样开始了。很可能在旅途中他已经预感到自己是去告别的，寻找加尔维斯只不过是个不可或缺的借口，是种伪装。我们这些当时见到他、认出他的人都觉得他更老、更压抑也更有挫败感了。但是他身上也有些不一样的东西，不是什么新东西，而是旧的、已经被遗忘的东西。某种东西，是坚毅，是勇气，是属于往日的拉尔森、于五六年前怀揣希望和执念来到圣玛利亚的拉尔森的某种情绪。

　　有点不真实，有点不同，可他向我们展现出了——而且我们有些人还看到了——彼时的拉尔森的样子，在造船厂生活的日子并没有彻底改变他。他更老了，衣服更旧了，额头前的那一绺头发更稀疏了，嘴巴和肩膀的抽动频率更高了。但是——我们现在可以确信这一点了——我们还是可以轻易看出他的动作中和步伐中透出的那股年轻劲儿，还有他的目光和笑容展现出的安全感和挑衅的意味。所有我们这些有条件进行对比的人都应该明白，当他在正午和黄昏时分耐心地踏过新广场地上的碎石的时候，当他坐上广场酒吧里的凳子，带着既不来自他的面孔也不来自他的言语的细微傲慢平静而显眼地喝酒的时候，当他彬彬有礼地在街头拦下随便什么人，像游客一样询问这座城镇的发展和变化情况时，当他懒洋洋地坐在贝尔纳的饭店里，接受老板已经不记得他的事实，带着点好奇心和十足的把握从那里看着我们的时候，我们就应该明白，拉尔森已经把我们从他的记忆中剔除了，他仿佛回到了五年前，可以轻而易举、不带痛苦地告别。他身处一片视野模糊的土地中，所以他无法知道我们是谁，也无法知道我们对他而言意味着什么，或者一句话概括，他不知道这一切究竟是怎么一回事。

在那两个晚上，有人看到他，或者说我们看到他走遍了这里的所有咖啡馆、饭店和饮品店，固执地沿着下坡路走到河岸边，走遍那边儿的茅屋，和吉他手们泡在一起，随便找点名头就搞个聚会。他显得不紧不慢，很容易说话，掏钱付账也很大方，好像从来没被这里的人排斥过似的。我们听见他问起加尔维斯，那是个矮小、谢顶但依然年轻的男人，不容易搞混，见过的人肯定能记住。可没人见过那人，或者说没人确定自己见过他，再或者说没人愿意带他去找他。

这样一来，根据大家的揣测，拉尔森算是放弃了他这趟旅程的主要目标——复仇——在来到这里的第三天转而去做另一件同样荒唐又虚假的事情了：探访佩特鲁斯。

我们这些生活在这座城里年过三十的人至今依然称呼圣玛利亚监狱为"分遣队"，在那天下午，那里还是栋新建的白色楼房。入口处有座门房，墙壁是玻璃做的，顶是水泥的，上面还嵌着根极长的旗杆。那里就是个扩大版的警察局，位于今天的老广场北侧，占了四分之一片街区的位置。那天下午，那栋白色楼房还只建成了一层，不过到处都是水泥袋、梯子和脚手架，已经为建造第二层做好了准备。

三点到四点是探监时间。拉尔森坐在一个长着潮湿幽暗的绿色植物的圆形广场边缘的长椅上，地面铺着裹着苔藓的旧砖头，周围坐落着许多玫瑰色和奶油色外墙的老房子，窗户上竖着栏杆，被封得严严实实的，每下一场雨，墙壁上的斑点就会更深一些。他盯着那尊传奇人物的雕像和一行文字，让人惊讶的是上面只写了寥寥几个字："建城者——布劳森"，连雕像上也长出了绿苔藓。对着太阳吸烟的时候，拉尔森心不在焉地想：在所有的城市里，在所有的房子里，在他本人体内，都存在着一片宁静昏暗的区域，一片与下水道相似的区域，人们可以到那里去逃避生活强加给自己的事情。那是片幽深排外的区域，里面生活着许多行动迟缓、身体扁平的虫子，那里长时间存在，总会出现令人惊异的报复性事件，它们永远都无法被人理解，永远都不合时宜。

三点整的时候拉尔森同门房玻璃后穿着蓝色制服的门卫道了好，走到"分遣队"门口时，他回过身望了望那尊铜人铜马雕像，在冬日白色阳光的照射下，它们显得如此顺从，毫无威慑力。

（雕像揭幕时我们一连讨论了好几个月，在广场上讨论，在俱乐部里讨论，在最不起眼的公共场所讨论，在吃饭后甜点时讨论，在《自由报》的各个专栏上讨论，人们议论雕塑家给那位英雄设计的衣服，还议论执政官在演讲里提到的"也许可以用那位英雄的名字给城市命名"。这句话可得好好玩味一下：他并没有明确建议给圣玛利亚更名，只是让人觉得各地政府会同意更名行为。人们议论纷纷：来个北方人喜欢穿的彭丘斗篷；来双西班牙人喜欢穿的靴子；来件军大衣。还有人说：雕像要高大，侧面看上去得像闪米特人；从正面看，眼间距得小，表情残酷高傲；身子得倾斜一些，因为他骑着马；坐骑得是未被阉割的纯种阿拉伯马。最后，大家都觉得雕塑的摆放方位很荒唐，不符合历史记录，让人觉得"建城者"一直在策马向南奔去，像是心生悔意，想要回到那片遥远的平原地区，可当年他正是抛弃了那里才来到这儿赐予我们姓名和未来的。）

拉尔森钻进铺了地砖、有些寒冷的走廊，后来在桌子跟前停了下来，把帽子拿在手上，面前是个穿着制服、长着两撇胡子的混血种人。

"您好。"他轻蔑而嘲讽地笑了一下，这种神情经过四十年的锤炼，他已经能老到而平静地把它摆出来了，"要是允许的话，我想探访佩特鲁斯先生，堂赫雷米亚斯·佩特鲁斯。"

他沿着一个有回声的冷清通道前行，向左拐弯，停下来等着另一个穿着制服、配着毛瑟枪、站着的人问他问题。一个穿着线衣麻鞋的老人走来走去，摆头冲拉尔森示意了一下，然后就在前面引着他走进了一座由一条又一条直线组成的新迷宫，里面更加寒冷，到处都是水沟和酒窖的味道。老人停在了在墙上靠着的灭火器旁，没用钥匙就把门打开了。

"我能在这儿待多久？"拉尔森看着昏暗的房间问道。

"待到您觉得烦了为止。"老人耸了耸肩，说道，"然后我们再来收拾。"

拉尔森走了进去，停步不动，直到听到关门声响起。他所在的地方不是囚室，而是间家具已然朽坏的办公室，里面还摆放着梯子和带图案的罐子。他脸上堆起打招呼的表情，往前走去，但方向错了，摇摇晃晃费劲儿地穿过松节油的气息。突然，他看到了那个犯人，就在他的右手边，在角落里一张截角写字桌的后面，佩特鲁斯显得瘦小、警惕，刚剃了胡子，就像是有人正在暗中监视他，又好像他想变换家具的位置，来给拉尔森一个惊喜，似乎这种先机可以使他确保在这次会面中取得胜利。

佩特鲁斯显得更老更瘦了，连鬓胡子也显得更长更白了，眼神则显得更加不安了。他把两只手压在一个合上的笔记本的皮封面上，除了那个本子，写字桌的破旧绿色天鹅绒桌布上就再没别的东西了。几乎只看了一眼，拉尔森就恢复了热情，也恢复了那种曾被分离消除的模糊的嫉妒感。

"咱们在这儿见面了。"拉尔森说道。

对面那人有些激动，不过控制着自己的情绪，刚露出一颗牙齿的边缘就又迅速将之遮住了。那张嘴巴先是变得纤细平直，继而又弯曲了起来。也许为了拥有这样的嘴部动作，佩特鲁斯不需要从小不断练习轻蔑和否定的表情，也许只是其他许多人在几百年里不断行动，才让他有机会继承了这样一张只需单纯用来说话和吃饭的嘴巴。一张消失掉别人也察觉不到的嘴巴。一张保护他免受亲密接触带来的恶心感的嘴巴。一张脱离了诱惑的嘴巴。就像是个永远处于幽闭状态中的长坑。光线泛灰而柔和，那是光被几乎遮住整个阳台的窗帘过滤后的结果，窗帘一端渗进了一片长三角形的八月阳光，让人心中一暖。窗帘前摆着个黑色皮沙发，上面盖着几条被过分精细地折叠起来的罩布，还有个坚硬扁平的小枕头。那个角落就是佩特鲁斯睡觉的地方了，同坐落在河边的那个大房子里的卧室可没法比，那里有鼓鼓的大枕头，枕头外面套着枕套，枕套上用各种颜色的线头拼出与家族历史相关的重要日期，或是农村常用的花边，抑或是那个一语双关的谚语：问心无愧则高枕无忧[1]。

"咱们在这儿见面了。"佩特鲁斯苦涩地重复道，"但和上次见面的方式不太一样。请坐。我时间不多，还有很多问题要处理。"

"请您稍等一下。"拉尔森说了一句。他觉得自己应该表现出尊重而非屈从的姿态。他把帽子放在了绿色桌布的一角上，走近窗帘，掀起一角，多年之后，不分早晚，警察局长卡尔纳也将不断做出这个机械但饶有趣味的动作，只不过地点是在楼上一层的房间里。

1　原文为德文。

他看到了那匹马长着花斑的屁股，尾巴摇晃成了S形。由于香蕉树树枝的遮挡，他只能望见建城者雕像身上彭丘披风遮住胯部的部分和穿着靴子、冷漠伸长的一条腿。执着而坚毅的拉尔森想要搞清楚他生命中的那一刻的意义以及对于全世界来说那一刻的意义：弯曲的树木，树荫，新叶。射在那个铜质雕像屁股上的光线。拘捕，在这个省城午后迟缓发展的秘密。他让窗帘滑落下来，觉得自己已被打败，但却并不感到憎恨。随着身体的晃动，他回到了另一些真相和谎言上面。他拉过一把椅子坐了下来，一秒钟后，佩特鲁斯冰冷而耐心地说了一句：

"请坐，请坐。"

为什么是这件事而不是别的事呢？随便什么事。无所谓了。为什么是他和我，而不是另外两个人呢？

他成了阶下囚，他完了，那颗黄白色的头颅用每一道皱纹告诉我他如今已经没有自欺欺人的借口了，为了活着也好，为了激情或吹嘘也罢。

"我从几天前就开始等待您的来访了。我不相信您会临阵脱逃。对我来说，一切都没变。我甚至敢于诚恳地说，自从咱们上次会面后，情况已经得到了改善。实际上，我只是暂时被隔离了起来，正好休息休息。这件事，我是说荒唐地把我关起来一段时间的事，是我的敌人们最后的招数了，是他们最猛烈的攻击。再在这间办公室里待上几天，这里比其他办公室条件差，但也差不多，然后咱们的坏运气就到头了。现在我不会再浪费时间了。他们帮了我的忙，因为没人能来

191

这里浪费我的时间了，所以我可以安心地解决我的问题，而且是彻底解决它们。我可以给您透个底：我已经找到了可以解决所有阻碍公司发展的困难的办法了。"

"这可是个大好消息。"拉尔森说道，"等我回到造船厂，把这个消息告诉大家，所有人都会欣喜若狂的。当然了，前提是您允许我这么做。"

"您可以说出去，但仅限于告诉上层员工，也就是那些已经经受住了忠诚度考验的人。我没费心去探究他们抓我的原因。不过看上去这事儿和我们讨论过的那张有名的证券有关，是基于它提出的指控。怎么回事？我交给您的任务失败了？还是说您跟我的敌人们串通一气了？"

拉尔森笑了，他慢慢开始了点烟的流程。点完烟后，他努力带着恨意盯着那颗像小鸟一样的脑袋，那颗脑袋正倾向他，带着股入迷的期盼劲儿，似乎确信自己会获得所有的胜利，确信没人能阻止他成为占理的一方，直到永远。

"您知道并非如此。"拉尔森慢吞吞地说道，"我来这儿是有原因的，我一得知您被捕的消息就赶来了。"不过他本可以这么说："我做了一切能做的事。我忍受了一些屈辱，还羞辱了别人。我动用了一些您跟我同样熟悉——不多不少——的暴力手段，受害者无力发起控诉，因为他根本无法理解那些手段，无法把它们跟他吃的苦头分开，无法得知那正是他吃苦头的原因。您真应该每天都使用那些暴力手段。其他人也了解那些手段，不过可能没有我了解得那么透彻，因为大家都是人，卑鄙行径是共通的、受限的：诡计、忠诚、忍耐、牺牲、像游泳者那样贴在另一个人的身侧，保护自己免受急流的侵袭，只要对我们有利，同时总在对方要求的前提下，我们也会帮助对方潜入水中。"他又补充了一句："我唯一可以受到指责的就是事儿没办成。"

佩特鲁斯像乌龟一样把头缩了回去，又露出了一口黄牙，这次倒是露得迪然。他并没有谴责拉尔森做的一切。他用那双深陷但闪亮的眼睛盯着拉尔森，带着种有趣的好奇感，像是在沉思，又像是在同情拉尔森。

"好吧，我相信您。我看人从没出过差错。"佩特鲁斯最后说道，"实际上这并不重要。我能证明我并不知道那些假证券的存在。或者说没人能证明我知道它们的存在。咱们可以把那件事抛到脑后。重要的是终审的日子就要到了，就这几天吧，最多两个礼拜。现在正是我们最需要有个既忠诚又有能力的人稳住造船厂的时候。您觉得您有担当这一重任必需的能力和信心吗？"

于是拉尔森点头说有，他在争取时间，同时让自己的肺习惯这种属于奇怪的流放地的气息，实际上他整个冬天都在忍受这种气息，可现在他突然难以忍受它了，觉得它异常清晰了起来。这种气息刚开始的时候让人很难忍受，后来则几乎变得无可替代了。

"您可以算我一份。"听到他这么说，老头子冲他笑了，"但我的确在造船厂身上浪费了很多时间，而且我现在已经不年轻了。我必须承认，这份工作现在显得有些无足轻重，不过责任却着实重大。目前我不想和您讨论工资的事情。但我觉得我必须告诉您我没领到工资，或者说没有规律地领取工资。我希望事情得到改善的时候，我能得到相应的补偿。"

佩特鲁斯突然向后一仰，脸部的皮肤在瘦小的头骨上拉伸开来。有那么一刻，拉尔森觉得那颗头颅高高抬起，超出阴影之外，出现在了早已失去的世界中，这种沉重的氛围让人难以忍受。佩特鲁斯慢慢把手伸进外衣兜里，把脸凑近拉尔森。也许他的脸上还残存着一些轻蔑的意味：那是对容易屈从于他人之人的细微嘲弄的表情。

"您在造船厂领没领到工资并不是我要考虑的问题。咱们有行政经理，也就是加尔维斯先生。把您的问题跟他讲好了。"

"加尔维斯。"拉尔森露出轻松的表情，重复了一遍那个名字。他觉得如释重负，一种重新恢复健康后的温和活力逐渐充盈他的身体。"把假证券交出去起诉您的正是他。"

"非常好。"佩特鲁斯点了点头，"他也讨不到什么好处。我倒是想听听您是怎么处理他的。一家像造船厂这样的公司可没办法在缺乏专业而可靠的管理的情况下正常运转。您起码已经把他停职了吧？"

我多想给他个拥抱啊，或者为他豁出性命，又或者借给他比他需要的钱多十倍的钱。

"您瞧，"拉尔森脱下大衣，说道，"管理人员加尔维斯发起控告，然后就消失了。更准确地说，他在进行检举之前就已经有心要玩失踪了。三天前他寄给我一封信，提出辞去自己的职务。我自然立刻就明白我该给他停职。我找遍了造船厂港的每一个角落，后来又来到了圣玛利亚。我想因为他的所作所为给他停职。但是他一直没露面。"

他悄悄把左轮手枪放到了桌子上，把身子向后挪了挪，想要更好地观察它。

"史密斯牌的。"他带着股不合时宜又蔫了吧唧的高傲劲儿说道。

两人沉默了一会儿，全都专注地低着头，盯着那把武器完美的形状，钢质枪管上闪烁的细微光芒，粗糙的黑色枪柄。他们观察它，却没有触碰它的想法，就好像它是只确定存在但他们却从未见过的动物，一只刚刚落在写字桌上的昆虫，既威胁着他们，也受到他们的威胁，但它对此毫无意识。它保持静止，他们无法理解，也许它正试图用翅膀的谐振与他们沟通，但是这两个男人压根无法接收到这种信号。

"把那玩意儿收起来。"佩特鲁斯下了命令，又重新在椅子上调整好了姿势，"从个人的角度来说，我不认同这种做法。而且现在这样做对我们已经毫无用处了。您怎么做到带着把左轮手枪进到监狱里来的？他们没搜你的身吗？"

"没有。他们没想到要搜身，我也没想到。"

"有意思。所以说随便什么人都可以进到这个房间里来杀了我。加尔维斯本人前天和昨天就来了不知道多少次，想跟我见面。我不想见他，我跟他没什么可说的。他已经是个死人了，比您用上手枪杀他死得还透。"

"这么说他来过了？加尔维斯？您确定吗？好吧，这么看他应该就在这附近。我得找到他。我不会一枪把他杀掉。

那只是股冲动劲儿，是我当时感觉自己应该去做的事情。不过我还是会朝他脸上吐口水，慢慢骂他，骂到我累了为止。"

"我明白，"佩特鲁斯假装出信心十足的样子，"您把枪收好，忘掉那事吧。去找一个忠诚又有能力的人来接替加尔维斯的职务。工资和其他条件，您跟他谈就行。不管发生什么事，眼下都得确保造船厂正常运转。"

"同意。"拉尔森答道，他的眼睛一直在盯着那把手枪。在把枪收起来之前，他先伸出一根手指轻轻摸了摸枪柄的底部。

（可以塞进衣兜携带的扁平的 32 型手枪是他玩过的第一把枪，他和自己最早有过的几个女人在郊区几户人家的凉亭里、随机短暂待过的社会、经纪和体育俱乐部里玩过，最早的重要征兆和危险征兆也是那时出现的。玩枪成了他青少年时期的爱好，用刷子和凡士林擦枪成了他固定的夜间活动。后来他有了把柯尔特手枪，是他从一个新兵那里买来的。枪很沉，巨大，不好控制，还很没用，除去在田间吃午饭的时候拿一个罐子或一棵树当靶子练枪之外他就再也没用过它。练枪时，他总是穿着长袖衬衫，一根湿乎乎的香烟叼在嘴的一边，左手抓着装着苦艾酒和甘蔗酒的酒杯，其他人则在准备烤肉。有时候条件绝好，晴空万里，在某个斯拉夫人移民区，在路边耸立不动的小别墅门前，周围萦绕着烟味和鸡舍的味道，他也会练枪。这时候他已经成年了，正是男子气最重的时候。他有了把对于他的手掌来说过大的枪，枪顶在肋骨处，重得让他难忘，走起路来都要被它坠弯了腰。那把枪唯一的闪光时刻就是黄昏时分大家玩牌玩腻了的时候，此时他会展示那把枪，枪也会适时地闪光起来，再然后他就开始蒙着眼拆卸那把枪，嘴里还叼着某个女人塞给他的烟，最后他还会继续蒙着眼再把枪组装起来，四周尽是友好的低语声和惊叹声。他的动作十分娴熟，大家都沉浸在他手指强大的记忆能力，他把刻着伸爪兽纹图案的木头枪柄上的螺丝上紧，进而在掌声中最终完成那一壮举的时候，他感到无比幸福。）

"咱们看法一致。"拉尔森一边系好大衣的扣子，一边坚持这样说道，"造船厂的正常运转是一切的基础。我会毫不犹豫地采取一切必要措施。工资的事情咱俩算是说好了。但是我得再跟您强调一遍，让未来有保障这件事对我来说十分重要。"

佩特鲁斯抬起双手，摩擦下巴。发黄的脸高兴地前倾，露出一丝胜利的表情。

"我明白，先生。"他低声说道，"您希望您的牺牲能有所回报。我觉得很好。至于当下工资的事情，您任命个行政经理，然后跟他谈。以后嘛……您想要什么呢？"

"安全感，一份合同，一份文件式的东西。"他轻轻笑了，表现得很顺从，像是在宽慰对方。

"我不觉得这些要求过分。"佩特鲁斯激动地喊了一声。他不慌不忙，灵巧地拉开皮包，拉链发出很大的声响。"总之，我认为咱们能够互相理解了。"他拿出一些纸来，从外衣兜里取下钢笔，"说说看，您想要什么类型的文件。一份五年期的合同？请等一下。"他在外衣内口袋里寻找眼镜盒，戴上眼镜，带着轻蔑的挑衅意味，笑了，"说说看吧，先生。"

"好吧。"拉尔森说道，同时露出了友好的微笑，"我不想急着开口，我怕我会后悔。首先，确认下合同期限，五年我觉得不错。我也不愿意把自己锁死在长约里。至于工资嘛……总经理的身份要求我过上与之匹配的生活，您肯定明白我的意思。"

"当然。我会是第一个要求您过上那种生活的人。"佩特鲁斯的脸此时抬高了，似乎在克制自己的喜悦，"您现在的工资是多少？我必须向您承认，我最近在处理其他一些更重要的问题，所以没有查看造船厂这几个月的账目。"

"就写……嗯，我现在每个月拿四千比索。咱们就写六千比索吧，从造船厂的业务恢复正常开始算。"

"六千？"佩特鲁斯颤动了一下，钢笔的一端在嘴唇上滑过，"就六千。我没什么意见。但是您得自己把它们赚到手，先生。好了。我会起草一份临时合同，确认您在五年内担任总经理一职，工资也会写进去。后面咱们还会签署正式合同。"

他前倾身子开始写字，慢慢地描画每一个字母。扬声器此时突然在外面响起，打破了屋内的沉寂，声音渐渐远去，听不明白说了些什么。拉尔森挺直身子，环视四周。废弃的木板，罐子，刷子。空气的色调时而恬静，时而热切。老头子弯腰伏在写字桌上。寂静笼罩在这座几乎从未发生过什么变化的老城的那片区域里，除了眼睛能看到的东西之外，剩下的就都是寂静了，而那寂静又让那些能被看到的东西也变得让人心烦意乱了起来。那头巨大而受惊的马匹扬蹄欲奔，尾巴像波浪一样，带着种秋日草地的颜色。在那潮湿的环形广场中，树木的枝条犬牙交错，长椅没有人坐，无人关注的水坑逐渐干涸。黄昏自河流和商业区已然翻新的建筑群上开始蔓延。

"您检查看看。"佩特鲁斯说道。

拉尔森拿起那张卡片纸，读起了上面漂亮匀称的花体字。"本人，赫雷米亚斯·佩特鲁斯股份有限公司董事长，兹以本文件承认 E.拉尔森先生为我公司总经理。本合同期限为五年……"

拉尔森把纸对折，存放到了衣服兜里。佩特鲁斯站了起来。

"现在一切都处理得很完美。"拉尔森说道，"我从没怀疑过您。不过法律层面的事情还是得做好。您是位绅士。我不想浪费您更多时间了。我觉得我越早回到造船厂港越好。不过很可能我会再来探望您，和您道别。"

"可能没什么意义，"佩特鲁斯答道，"我希望利用这次休息时间来安心工作。有些细节问题还得我来处理。"

"很好。"拉尔森没伸手，老头子也没伸。走到门口时，拉尔森转过身来。佩特鲁斯似乎已经把他忘了，他又坐下翻看起了写字桌上的文件。"抱歉再打扰您一下，"拉尔森抬高声音说道，"您还记得我叫什么名字，甚至连次名都记得，起码记得首字母，我觉得有些意外，也有些高兴。"

佩特鲁斯盯着他看了一会儿，再开口说话时脸已经对着那些纸和笔记本了。"警察局长是个好人。有时他会来探望我，我们甚至还一起吃了午饭。我们聊了不少事情。他知道您在造船厂港生活，也知道您来这座城镇见过我。他给我看过您的档案，先生。实际上，您变化不大：可能胖了点儿，老了点儿。"

拉尔森静静打开、关闭房门。在走廊的尽头处遇见了那个穿线衣的人，他给了那人几比索，让他把自己带到了带枪的警察所在的位置。他从那里慢慢向外走去，被冻得发抖，脚踩在地砖上没有发出一点声响，他就那样自己一个人走着，直到看见街上的光。

他穿过圆形的建城者广场，沿着一条两边几乎是被干枯的藤蔓植物遮满的斑驳墙壁的街道朝市中心走去，经常能路过一些昏暗无人的广场和破屋。*我大概从来没来过这片区域，也可能一切都变了样，还可能我一直以来就想住在这样的房子里。*他挺直腰板，趾高气扬地走着，寻觅最幽静的区域，好让脚步声显得更加响亮，他决心不被击垮，却忽略了自己能用以自卫的武器已经不多了。

为什么不行呢？要是五年前我是个习惯在每个午后走遍圣玛利亚老旧区域的人的话，结果肯定就不一样了。不为什么，只是出于喜好，去走访这些孤独的街道，让自己融入在新广场上逐渐升起的夜色，不急不慢，不操心工作和贫苦生活的事情，就只是想着曾住在这些带大理石楼梯和铁门的房子里、后来已经死去的人们的生活，一开始是觉得好玩，后来就是出于友谊了。可能吧。不管怎么说，我现在比任何时

刻都需要做点什么，做什么都行。

拉尔森站在新广场中央，犹豫该去哪里吃饭、去哪里过夜，就在这时候，他突然明白自己必须抵挡住不再返回造船厂港的想法的诱惑。*因为如今世界上已经再没有其他地方可以容纳我了，我在这里已经做不了任何事了，也无法设想留在这里的后果。*

他朝港口走去，心不在焉地吃了点东西，谈好价钱订了个房间过夜。他一面搅拌着咖啡，一面想着死亡开始的阶段会发生的情况，想着那已成惯例的虔诚时刻的情况，就在这时他有了主意。

他一开始的反应是惊讶，惊讶于自己没早想到这个主意，在佩特鲁斯说"加尔维斯本人前天和昨天就来了不知道多少次，想跟我见面"的时候他就该想到了。后来生出这个想法的时候是在他感觉自己需要跟加尔维斯见面之时，加尔维斯应该和他一样，正在圣玛利亚城里转圈圈，他也是个外来人，口音和当地不同，不熟悉当地的习惯，因为同样的流放感而感到痛苦。他想象两人相遇的场景，想象两人的对话，一起想象遥远的故土，交换一些宽慰式的无用回忆，像野蛮人一样自发生成一股轻蔑感。

于是他想到了五年前的圣玛利亚，想到了等待的日子，想到了胜利的几个月，也想到了那场可以被预知的灾难，尽管对他来说并不公平。在许许多多的人、许许多多个夜晚、许许多多场事件组成的旋涡里，他挑选出了唯一能够帮助他找到加尔维斯的可能性：个头非常高、肥胖、声音沙哑、几乎可以用仁慈一词来形容的麦迪纳警长。也许他还在这座城里。他走到电话机旁，毫无信心地拨了号码。

"警察局。"一个男人懒洋洋的声音响起了。

"请找一下麦迪纳。"他听到自己的声音有些犹豫，继而是沉默，不过那是种意义不同的沉默，是确定性的沉默。他恰到好处地笑了，努力想要记起麦迪纳的样子，想象自己在看着他嘲弄和怀疑的样子，想象自己怎样帮助他当警察、谋生活。

"警察局。"对方的声音又响了。

"我是麦迪纳的朋友。我刚来到这座城镇。"

"您是哪位？"

"就告诉他电话是拉尔森打来的。他的一位多年好友。就这么说，拜托了。"

他听到了遥远的吱吱嘎嘎的声音，那声音在晚上听起来异常明显，然后是一种无底的死寂，空无得像一堵墙。再后来，沉寂变得更充盈也更有弹性了，好像从一个有人在的大房间里传来了一阵嗡嗡声。

"我是麦迪纳。"沙哑又不讨喜的声音响了起来。

"我是拉尔森，我不知道您还记得我不。"他立刻就为自己的热情、紧张和高傲而感到后悔了。他变了副表情，来迎合谨慎小心的对方。

"拉尔森。"那个声音说了一句，好像是在喘气，"拉尔森。"对方既惊讶又高兴地重复了一句。

"警长？"

"副警长。而且我就要退休了。您在哪儿呢？"

"我在河岸边吃鱼呢。就在港口和厂子之间的地方。"

"请等一下。"*我不想等。不幸的是我根本没什么可失去的，也没什么事会发生在我身上。*"拉尔森，麻烦的是我直到早上才能离开这里。我很高兴您能打来电话，您能念着过去的友情来看我更好了。走到大路尽头肯定能打到车。实在不行也可以坐'B'线路的公交车，到广场角下，警察局就在对面。我等您？"

拉尔森说了声好，然后把电话挂断了。*他们会对我做什么呢？我甚至连敌人都没有了，他们既不会给我设陷阱，也不会对我伸出援手。现在我甚至能够忍受那群人了，能跟他们说话、逗他们开心了。*

麦迪纳坐在空荡荡的办公室里，室内充斥着耀眼的荧光和雪茄烟的烟气，脏咖啡杯堆在桌子上、书架上。麦迪纳长长的腿搭在写字桌上，边笑着，两根拇指边在胃部绕圈。他的脸和拉尔森记忆中的一样。痘印让他脸上的皱纹显得没那么明显，两绺窄窄的白发从太阳穴被捋到了后颈上。*这里刚才全是人，被他送走了。他们让我单独和他在一起。他为什么要这么做呢？*

自然了，他们谈论了往日时光，却没人提妓院的事情。麦迪纳亲切地笑了，好像回忆起了那些充满希望的艰苦岁月。后来他打了个哈欠，慢慢直起身子站了起来，伸展了一下穿着咖啡色上衣的巨大身子，他更胖了，不过还不算老。

"拉尔森。"*他说了句。他思索般地看着陷在皮沙发里像*

自卫般挂着愚蠢笑容、机械地抚摸着垂到眉毛处的那绺灰色头发的拉尔森。"我真的很想和您聊聊。我们都知道您从几个月前开始就住到造船厂港去了，您还在那儿上班。"

你可真是玩了一手好把戏啊，想让我头晕目眩，让我不要忘记把我们分开的那些事情。

"没错。"他不紧不慢地答道，脸上露出了微弱的嘲弄感，装出一副虚荣的表情，"您消息很灵通。我住在那儿，住在贝尔格拉诺之家里，我在佩特鲁斯的造船厂上班。我是总经理。我们正在努力让公司重回正轨。我把所有事情都摊在明面上讲。您肯定还记得，我这人从来就不会藏着掖着。"

麦迪纳露出了牙齿，摇晃着脑袋。后来他那沙哑的声音也断断续续地响起了。

"我从来没有针对过您。当时执政官说'够了'，所以我们只能执行命令。事情像是过去一个世纪那么久了。我很感谢您给我打来电话。那么，要是我能帮上您什么忙的话……"他退到写字桌旁，把一条腿架到了桌子角上，"您想喝咖啡的话就跟我说。那是我唯一能在这儿给您提供的饮品。我已经喝了太多杯了。我刚才给您说过，我现在是副警长了，不过已经做到头了。再过一年我就要退休了。"他绝望地笑了，显得精力十足，但也善于忍耐，"好了，您需要我做些什么，请开口吧。您能想到给我打电话，肯定是有原因的，除了想见我这个原因之外。"

"没错。"拉尔森说道。他跷起腿，把帽子放在了膝盖上。"您肯定从一开始就留意到了，从在电话里认出我的那刻开始。不是什么麻烦事。造船厂的一位员工，加尔维斯，主要员工之一，几天前失踪了。他给我寄来一封辞职信，落款地址是圣玛利亚。他的夫人非常不安，这是自然而然的事情。于是我主动提出来找他，可我走遍了整座城镇，却连他的影子都没见到。我想在回去之前到您这儿来碰碰运气，看看您知不知道什么情况。请想想看，要是我什么消息都没有，就这么回去的话，那位夫人该是什么心情。"

麦迪纳等了一会儿，迟缓地看了一眼手表，一下子从写字桌上跳了下来。在朝着拉尔森走来的时候，他的鞋子的橡胶鞋底在地毯上发出细微的响声。他站在拉尔森跟前，他的腿几乎就要碰到拉尔森的膝盖了。他把那张沾着葡萄酒、表情单一——带着残酷劲儿和憎恶感——的老脸凑到了坐着的拉尔森跟前。

"拉尔森。"他说道。他那沙哑的声音显得有些不耐烦。"还有什么信息？我累了，走之前也还有些别的事情要处理。您还知道什么跟那位加尔维斯相关的情况？"

"还能有什么呢？"拉尔森答道，"我没什么可遮遮掩掩的。"他抬起手来，笑着看着自己的手掌。他不感到害怕，只是回想起了其他许多人冲他弯腰发问的场景，而这些回忆让他觉得自己年轻了起来。"还能有什么呢？可以说还有些涉及商业机密的事情。不过我确定您是可以信赖的人。加尔维斯来圣玛利亚是要起诉佩特鲁斯先生的。法官已经下令逮捕了佩特鲁斯先生。您是知道的，他现在就被关在这同一所建筑里。我今天下午见过他了，他对我说加尔维斯这几天尝试了很多次，想跟他见面。再没什么了。这很容易理解，我认为如果说加尔维斯曾经在这里出现过的话，你们肯定知道我能在哪儿找到他。还有什么？再没什么了，我再也没什么可补充的了，因为我只知道这么多。"

麦迪纳居高临下，说了句"好的"，然后又笑了。他收了收胸，慢慢把外套的扣子扣上，同时做出了犯困的表情。他又看了眼手表。

"咱们走，拉尔森。请站起来吧。我相信您给我说的话，也确信您再不知道别的事情了。跟我来，我来把您不知道的事情讲给您听。"

两人走出那间办公室，沿着铺着地砖的走廊走去。

暗淡的灯光下，一个巡夜员立正行礼，跟两人问了好。麦迪纳粗暴地打开了一扇门。

"请进。"他有些厌烦，嘲讽般地说道，"我没法请您挑地方了，今天咱俩太穷了。"

屋子里很冷，光线也不好，还有股消毒剂的味道。他们走了进去，经过一个牙医用的大椅子，两个塞满闪光金属的玻璃柜，那些金属是从一台已经报废的散热器上拆下来的。他们站在一张小写字桌边，桌子上盖了块凸起的布。房间深处越来越冷，在那边，几乎靠墙摆放着一些钢质文件柜，周围环绕着几条水槽，罩着白色粗布的桌子就摆在那里。麦迪纳掀开布，摸出一块手帕，遮住了喷嚏。

"您不知道的事情就在这儿了。"麦迪纳后来说道，"他就是加尔维斯，没错吧？要是您不想着凉的话，您就快点看，有话就快点说。是他吗？我不催您了。"

拉尔森既没感到憎恨，也没感到遗憾，他看着石头桌子上的那张苍白的面孔，僵硬，虚假，摆脱了俗事纠缠，半闭的眼睛周围带着闪烁的潮气，看上去有些下流。*我说什么来着：现在他不笑了，这张脸一直隐藏在另一张脸下面，一直如此，他试图让我们相信他还活着的时候是这样，在怀有身孕的女人、两条尖嘴狗、我和昆茨、无尽的泥地、造船厂的影子、希望的谎言之间无聊得要死的时候也是这样。现在他倒确实有了真正的男人该有的一系列特征了，坚毅，还有他从来不敢在生活面前展示的那种光芒。现在只剩下一对肿胀的眼皮了，还有那半弓形的平直目光。但这不是他的错。*

"对，是他。出什么事了？"

"很简单。他上了木筏，筏子经过拉托雷岛的时候他跳进水里了。我们晚到了半小时。不过太阳落山的时候他自个儿漂到了堤坝上了。我知道他是加尔维斯，只是想让您自个儿看看罢了。"

他又打了个喷嚏，把一只手搭到了拉尔森的后背上，另一只手迅速把布又罩到了死者身上。

"好了，"他说道，"现在您在一张纸上签个名，然后就可以走了。"

他带着拉尔森在昏暗的走廊中穿行，把他带进一间办公室，里面有两个正在下棋的人。他一直保持的亲近感随之消失了。

"托沙尔，"他说道，"这人刚刚确认了溺死者的身份。

把他的话记录下来，然后就可以放他走了。"

下棋的两个人中的一个把打字机拖到了写字桌上。另一个人心不在焉地观察着拉尔森，又转头看向棋盘了。麦迪纳穿过办公室，从另一个门出去了，没有回头，没有道别。

拉尔森笑了，麦迪纳的这场戏让他觉得很有意思，他没等两人请他坐下就主动坐了下来。他刚刚拿定了主意：加尔维斯没有死，他是不会落到这么小儿科的陷阱里去的，天一亮他就回造船厂港，回到那个永恒不变的世界去，而且不带任何消息回去。

十八

造船厂之七·凉亭之五
佩特鲁斯家·小屋之七

于是拉尔森最后一次溯流而上，向着造船厂进发。那时的他感受到的已经不只是孤独了，还有惊恐，他刚刚开始感受到了令人不安的清醒感，然后抛开虚荣和算计，不情不愿地对自己的怀疑产生了动摇。他明白的事情不多，却又拒绝接受那些萦绕在他周围、想让他获知的信息。

他孤独，如今已是绝对的孤独，再也无戏可演了。他迈开大步，走得很慢，魂不守舍，不急不躁，没有选择的可能，也没有选择的意愿，脚下的土地在一点点收缩。他的问题——不是他的问题，而是他的骨头，他的线条，他的影子——是无法准时到达被他忽略，可又十分精确的地方和时刻。然而他曾承诺过（不对任何人）要完成约定。

因此这个男人，拉尔森，随便登上一条船只便溯流而上了，时间是冬日某个夜晚骤然降临之初，他魂不守舍地望着河岸边还能被望见的植被，用右耳倾听不知名的鸟儿们的叫声，为的只是继续魂不守舍下去。

因此，拉尔森心里只装着他能够忍受的事情，不过却在航行期间的某个时刻发现自己已经找到了他从位于建城者广场的佩特鲁斯牢房窗户向外探寻的那种东西。一道绿光束在地平线处逐渐变黑，他抵达了造船厂港。他走进位于贝尔格拉诺之家的房间，想要加固之前的日日夜夜建立起来的秩序感，还要洗一洗，喝口酒，让老板相信他并不是个幽灵。

他上楼走进自己的房间，被冻得瑟瑟发抖，显得无比懦弱，他穿着长袖衫走到走廊上的盥洗台处，他没开灯，而是一路摸索着前进。在这个夜晚，除了欢快的水流声之外，再也没有别的声响了。他抬起头来，把脸擦干，觉得空气稀薄但寒冷。他寻找月亮，却只看到羞涩的银色月光。就在这时，他坦然接受了自己行将就木的事实。他的肚子靠在盥洗台上，擦干了手指和脖子，觉得有点好奇，但内心依然平静，并不在意日期之类的问题，猜测在终了之前，在他的死亡不再只是个私人时间的那个遥远日子到来之前的这段时间里自己都会做些什么。

他穿好衣服，厌倦了检查左轮手枪，厌倦了把枪背折弯，对着一只眼睛转动空空的弹膛，再把子弹摆在桌子上，像检阅巡逻队一样检查它们。衣服穿好了，头发梳好了，香水喷好了，胡子刮好了，没被衣服遮住的部分皮肤也擦洗干净了，一只胳膊肘撑在桌子上，把一根他吸过却没吐出烟来的香烟举高。他觉得很冷，孤零零一个人待在这间小得离谱的屋子的中央，屋里家具很少，但也能让屋子变得像那么回事了。他丢掉了过往，知道那些构成不可躲避的未来的行动已经被无差别地做完了，被他做完，也被其他人做完。他觉得很幸福，可这种幸福感并没什么作用，此时那个用人请求进屋。

拉尔森没有转头看他。他记得用人的长相，狭窄的前额，坚硬的黑发，脸上一向挂着的平静而警惕的表情。

"我好像听到您唤我来着。您这段时间过得怎么样？大家都说您不会回来了。我是来问您在不在这里吃饭的，运鲜肉的船已经到了。"

那个小伙子拿着块抹布擦着小桌子和闹钟底座，又凑近了一点，想把桌子边缘处的灰尘擦掉。

"不了。"拉尔森答道，"我不想吃这里做的那些垃圾了。"

"您做得对。"小伙子激动地答道，"不过肉挺新鲜的。您在不在这里吃饭可和我没什么关系。"他弯腰擦拭桌子的一条腿，又笑着直起身子来，没看拉尔森。

"不了。"拉尔森重复了一遍。他突然把烟灰抖落到地上，歪着脑袋吃惊地看着那个用人，"您在这儿干什么呢？我想说的是，您待在造船厂港这个肮脏的地方是在等什么呢？"

小伙子没理他，他并不认为拉尔森是在跟他说话。他把胯部倚靠在桌子边，慢慢把那块当抹布、手帕和餐布的布举到脸前，用食指和拇指夹着它抖动，笑了起来，露出极为洁白的牙齿。

"我可以问您同样的问题。而且由我来问更加合适。您在等什么呢？您已经来了很长时间了，您在等待着出现的情况压根就没出现。至少我是这么觉得的。"

"啊。"拉尔森应了声，开始摩擦双手。

那个小伙子离开桌子，把抹布举得高高的，走了两下舞步。

"现在那个愚蠢的老女人再也不能吼着叫我了。"

"啊。"拉尔森又应了声。他把带着沉思和敬重表情的面孔抬了起来，那张面孔还有点扭曲。就像需要补药和酒水一样，此时的他需要做出点细微的、可耻的事情。"所以说你并不想弄明白这一切。把滑石粉拿来，给我擦擦鞋。"

小伙子继续跳着舞步走到衣柜处，取出一个椭圆形的罐子来，鲜黄色的地面上画着几朵蓝花。他跪了下去，给拉尔森冷漠伸出的鞋子上擦粉，又用那块抹布擦着，拉尔森只能看到他泛着光的头发和那件破破烂烂、露出线头的外套。

"所以说你并不想弄明白这一切，小家伙。"拉尔森慢慢说道，他的声音很响亮，想让那些话多回荡一会儿。

他等着小伙子把滑石粉放好，关上衣柜门。这时他才慢慢走过去，他确定小伙子会等在那里，他用一只手捏起小伙子的脸颊，轻轻摇了摇小伙子的脑袋，然后松了手。小伙子一动不动，眼睛歪着看向一边，展开抹布，搭到了自己的一侧肩膀上。

"为了让你明白，为了让你除了弄明白这一切之外别无他法，我得告诉你，"拉尔森断断续续地讲着，语气中满是敌意，"正在捏着你脸的是个正派人。给我记住。不过我曾经认识一个和你很像的人，甚至连外貌都像，每天早晨他都会去科连特斯街上卖花，那是你并不了解的另一个世界，他给艺术家卖花，也给女囚和姘头卖花。我记得他卖的花里，最漂亮的就是紫罗兰。过了几年，在某个晚上，我径直来到一家咖啡馆里坐了下来，身边自然是有伴儿的，这时那个小伙子挎着装着紫罗兰的花篮走到我身边。咖啡馆里有两个负责收杯子的人，一个收完进到里面去，一个放好走出来，无论哪个经过小伙子身边时都会笑着捏捏他的脸。我不知道你能不能明白我想给你说的意思。我正像个父亲一样跟你讲话。我突然觉得我给你说这些话，很有点人之将死其言也善的味道。"

他走到桌子边，拿起帽子，对着镜子戴到头上，想要吹支老探戈舞曲，他既不记得它的名字，也不记得它的内容了。小伙子跑到床边，背对着他，又用那块拧成螺旋状的抹布打扫起了窗框。

"就这样吧。"拉尔森忧郁地说道。他解开大衣，掏出钱包，数了五张十比索面额的钞票，放在了桌子上。"这是给你的。我送你五十比索。我欠的钱另算。不过你可别给老板说我在往外送钱。"

"好的，谢谢。"小伙子边说着，边走了过来，"这么说您不跟我们一起吃饭。我得给他们说一下。"他气喘吁吁的，此时声音显得更加尖锐无礼了。

"要是几年前，我不但不会给你建议，还会把你打得魂不附体。你还记得我刚才对你说的话吗？他带着紫罗兰走到我身边。那也是个冬天。那两个端盘子的人碰他的时候，他无法糊弄过去，因为所有人都在看他，他也不能生气，因为身份决定一切。所以他做了件这个世界上最让人难过的事情。他冲我们笑了，上帝可能永远都不会允许他的脸上露出笑容。"

"对。"小伙子眨了眨眼，似乎有些高兴，答了一句。他在桌子上铺了张餐巾纸，把手压在上面。微黑的脸上露出孩子气来，眼睛依然在斜视，嘴巴半张，有些走神，似乎带着点不信任感，还假装出想要问问题的样子。"您会很晚回来吗？我好确定需不需要给您留些吃的东西。对了，差点忘了，有人给您送来了这个。我觉得应该是昨天送来的。"他缩着身子，在脏兮兮的裤兜里翻找，掏出了一个皱皱巴巴、没有封边的信封。

拉尔森念那张淡紫色的纸上写的内容："八点半，我跟何塞菲娜在楼上等您吃饭。但您最好早点来。您的朋友安赫莉卡·伊内斯。"

"是好消息吗？"用人问道。

拉尔森没回答，也没再看他，直接离开了房间。他不想在楼下跟老板喝酒，于是快速闪到了寒冷的街道上。他向右转去，走上大路，那条街宽宽的，两边尽是光秃秃的树木，月亮还没出来，只有一道微弱的白光在指引他。他走路的时候什么都没想，走过一个又一个街区。因为他本人一路小跑的画面算不上什么想法。他不仅跑向佩特鲁斯家，也跑向那个昏暗寒冷的凉亭，跑向布满白色雕像的花园和那些被杂草、散落着干树桩的花坛侵占的小路。他穿过寒气，跑向那座比河水涨潮时的最高水位还要更高的房屋的核心区域。跑向那座大厅，那儿的壁炉里肯定正噼啪作响地燃烧着让人晕眩的温暖火焰。跑向那栋宅子里最古老、最让人肃然起敬的一把椅子，那把只曾支撑过佩特鲁斯的身体的椅子，或者只支撑过那位已经死去的母亲的身体，又或者只支撑过那位不知晓姓名、同样已经死去的姨妈的身体。

他一路小跑，他仿佛看到自己小跑到了那个温暖、干净、整齐的房间的正中央，跑到了一个舞台上，他会在那里自然而然地、骄傲地主持一切，同时会慢慢发现——尤其是在刚开始时——自己之前想象那个房间样子时犯的错误，同时盘算着自己要对它做出哪些改变，以此标志一个新的时代已经开始，属于他的时代已经开始，这是所有历史事件发生时的必然需求。

他按响门铃，等待着，他发现月亮慢慢从树影边缘露出头来，可能是从某个草垛后面跑出来的，也可能是从某座庄园人迹罕至之处的某座破屋子后面跑出来的。后来，就像在那些人们只记得里面有许多困难，又被主人公们一一克服的魔幻故事里发生的那样，他穿过铁门，经过沉默的何塞菲娜跟前，后者没有理会他的问候，摆脱那条跳来跳去的狗的纠缠，想要在铺着鹅卵石的弯曲道路上踏响脚步声，同时躲避不断向他的面部袭来的树枝，努力把月亮的白光和从地下蓄水池飘来的死亡的气息当作对他的欢迎。

他来到凉亭入口处，停下脚步，女人的脚步声和狗的喘息声从他的身后传来。

"我们没想到您会来。"何塞菲娜说道。她发出了声表示不耐烦的声响，远远听来，就像是在笑，"先生没通知一声就消失不见了，也没说什么时候回来。"

拉尔森依然站在凉亭的尖顶入口处，看着石桌石椅，手插在口袋里，身子有点前倾，等待着月亮爬到他右侧肩膀向上一点的位置。

"太晚了，"女人说道，"我都不知道该不该下楼来给您开门。"

拉尔森摸着口袋里装着的安赫莉卡·伊内斯写来的纸条，但是没把它取出来。房子里有两扇窗户向外透出金色的光芒。

"要是您愿意的话，明天再来吧。今天太晚了。"他很熟悉那种挑衅而期待的腔调。

"告诉她我已经来了。她给我送来一封信，请我来吃晚饭。"

"我知道。那已经是三天前的事儿了。是我把信送到贝尔格拉诺之家去的。但是她现在已经睡下了，她病了。"

"不要紧。我当时必须到圣玛利亚去，因为佩特鲁斯先生让我去一趟。请告诉她，我给她带来了她父亲的消息。我必须和她说几句话，哪怕几分钟也行。"

那个女人又发出了那种像笑声的声音。拉尔森把头向后仰去，望着房子里透出的光，他很想把踏入属于他的屋内地面之前的这段时间删去，很想坐在壁炉边高高的木头座椅上。那个女人终于回来了。

"我已经跟您说过了，她生病了。她不能下楼，您也不能上去。您最好还是走吧，因为我得锁门了。"

于是拉尔森慢慢转过身来，感到有些怀疑，心里的怒火燃烧了起来。他看着那个瘦小的女人，月光把她的脸全部照亮了，她正在冲着他笑，但是嘴巴没有张开。

"我想着您可能永远都不会再来了。"她低声说道。

"我带来了姓父亲的一条口信。真的非常重要。我们能一起上楼吗？"

那个女人往前走了一步，等着那些话连同话里的含意在一秒钟后僵硬、死亡、像阴影一样消散在了泛白的空气中。再然后她真的笑了，笑得喘不上气来，就像是在挑衅。拉尔森明白了。也许不是他明白了：而是他的记忆搞明白了，那些记忆本就鲜活，只不过一直隐藏在某个角落里罢了。他伸长一只手，用手背摩擦那个女人的喉部，让她平静下来，然后他又把手搭到了她的肩膀上。他听见狗哼叫了一声，看见狗直起了脑袋。

"她生病了，现在应该已经睡着了。"何塞菲娜说道。她几乎没动，好像怕把那只手吓走，她希望那只手用更大的劲儿压在她肩膀上。"您不想走吗？您在外面不觉得冷吗？"

"冷。"拉尔森接下了话头。

她一直在笑，眯起那双闪烁着光芒的小眼睛，她摸了摸狗，让它平静了下来。她走到拉尔森身边，他的手依然搭在她的肩膀上，而她似乎确信他不会把手移开。他弯了弯腰来亲吻她，模糊地记起了某些事情，用嘴唇辨识出了那种热烈和平和的感觉。

"傻瓜，"她说道，"都这么久了，您一直是个傻瓜。"

拉尔森心满意足地晃了晃脑袋。他盯着她，就像是久别重逢一样，她的眼睛恬不知耻地闪烁着光芒，那张粗俗的大嘴此时已经把牙齿露向月亮了。她摇晃脑袋，惊讶又愉悦地计算着男人们的愚蠢程度和生活的荒唐程度，她又吻了他。

　　拉尔森被她拉着手，越过了凉亭在花园中央划出的那条界线，他在走路时差点碰到那些裸体雕像，他熟悉那些植物新释放出的味道，也熟悉那种潮湿的味道，用烤炉烤面包的味道，巨大而吵闹的鸟笼的味道。他终于踏上了那栋宅子里的地砖，高高的水泥地基把房间和土地、地下水分隔开来。何塞菲娜的房间就在这层，跟花园在同一水平线上。

　　拉尔森在黑暗中笑了。*我们这些穷人啊*。他平静地想道。她打开灯，让他进屋，帮他摘下了帽子。拉尔森不想细看那个房间，她走来走去，收拾东西或隐藏东西。他站着，感觉自己的脸上出现了那种早已被他遗忘的年轻人的活力，他无力克制那种同样久远的笨拙而肮脏的笑容，他把额头前的那绺稀疏的灰发捋平。

　　"请随意。"她没看他，只是这样平静地说了一句，"我去看看她是否需要什么，然后就回来。我说的是那个疯女人。"

　　她急匆匆地出去了，把门关上，没发出一丝声响。此时拉尔森感觉他在整趟旅途中，从在造船厂里经历过的那让人迷离的最后冬日感受到的凉意，就在刚才渗入到他的骨髓中去了，然后又从骨髓里往外渗，浸满他所在的房间，使那里充盈着永恒的寒冷气息。他笑得更浓了，忘得更多了。他又愤怒又激动地开始查看那个女仆的房间。他移动得很快，碰碰这个，摸摸那个，还把一些东西拿起来细看，以此作为弥补，获得宽慰，缓和悲伤，鼻子里闻到的却是人死之前嗅到的土地的天然气息。他又看到了那些老旧家具，有张金属床，栏杆已经松动了，一碰就叮当作响。大脸盆和绿色陶罐上的水生植物花纹微微凸起。发硬发黄的薄纱罩在镜子外面。圣母和圣徒的印花，漫画人物和歌手的照片，一个粗厚的椭圆形相框里框着一张用铅笔画的已经死去的老女人的肖像。屋子里还有股永远驱散不掉的多种气味混合在一起的怪味：监狱的味道，女人的味道，油炸食物的味道，尘土的味道，香水的味道，衣柜里存放的廉价布料的味道。

她回来时手里多了两瓶清澈的葡萄酒和一个杯子，她喘着粗气用一条腿关上房门，想把他和室外的寒冷空气、狗的爪子和呻吟声、错误浪费的数年岁月隔开。拉尔森觉得属于恐惧的时刻此时才真正降临。他觉得那些东西让他回归自我了，回归到了青年时期的青涩自我之中。他又一次重焕青春了，就在这间本可以属于他或者他母亲的房间里，伴着一个和他是同类人的女人。他可以和她结婚，打她，或者一走了之。无论他做什么，都无法改变那种感情，无法改变那种深刻的联系。

"你做得很好，让我喝杯酒吧。"他说道，坐在床的边缘。

他和她一起用唯一一个杯子喝酒，他想要灌醉她，同时抵御着潮水般的谎言、疑问和责备，这些东西他已经听过太多次了，他可以在几个小时时间里享用那种心不在焉的高傲笑容。后来他说道："你闭嘴。"然后小心翼翼地把那个带植物图案的罐子推远，为的是在脸盆里把老佩特鲁斯签过名的那张通向幸福的通行证烧掉。

他不想知道那个睡在楼上、睡在这片曾被许诺给他的土地上的女人的情况。他脱光了衣服，一整晚都要求眼前的女人保持安静，自己则体验着与她的肉体接触的感觉，体验着她那单纯的焦虑感。

清晨，他道了别，一字一句地说出了一切她要求他发的誓。他挎着她的胳膊，她和那条狗陪在他的身侧，一起走向铁门，不可思议的宁静依旧笼罩在那里，月亮却已经不见了，无论是在吻别之前还是之后，他都不想转身再看一眼那栋不可触及的宅子了。他在道路尽头转向右边，朝着造船厂走去。在那个时刻里，在那种环境中，他已经不是拉尔森了，也不是其他任何人。和那个女人在一起的经历是对往日时光的一次追溯，是同已经逝去的自己的会面，是种微笑，是种宽慰，是层云雾，无论换成谁处在他的境地上都能理解这些。

他一直走到了造船厂，看着那个黑漆漆的、巨大的立方体建筑，就像是在履行自己的职责。他绕了个圈，想悄悄打探一下加尔维斯和他的女人住的那间小屋的情况。他闻到了蓝桉树被焚烧的味道，脚下踩着残渣废屑，慢慢弯腰坐到了一个木箱子上，点了一根香烟。此时他缩成一团，在世界之巅静止不动，他意识到自己正身处绝对孤独之中，而且位于中心位置，可这正是他在那些遥远的岁月里渴求的东西。

他先是听到一阵声响，然后立即看到刺眼的黄色灯光亮起，光是从小屋墙壁上诸多几何形的缝隙中透出来的。刚开始他觉得那阵声响是几只幼兽在毫无目的地哼唧，后来，随着他犯了慢慢清醒过来的错误，他发现那是人发出的声音，那种声音几乎可以被理解了，仿佛是在咒骂什么。也许那邪恶的光线告诉他的事情要比那无休无止、声嘶力竭的喊叫声告诉他的更多。他闭上眼睛，不想看到她，继续抽烟，直到手指被烫到。在这寒冷的夜晚行将结束之际，他成了废物，他不想成为任何模样，想把自己的孤独变成一种缺席。

他浑身酸痛，站了起来，慢慢拖着双脚向小屋走去。他踮起脚来，从他们干净利落地锯出来的那个被称为"窗户"的孔洞向内望去。"窗户"上有的地方还有玻璃，有的地方则糊着纸板、盖着布条。

他看到那个女人半裸着躺在床上，流着血，挣扎着，手指抠在愤怒而有规律地摇晃着的脑袋上。他看到了她那惊人的圆肚子，看到她那双玻璃珠般的眼睛里闪烁的光芒一闪而过，看到她咬紧牙关。只是过了片刻时间他就明白了，能够想象到这是个陷阱了。他颤抖起来，又害怕又恶心，于是他从窗边走开，朝着河岸边走去。他心烦意乱，几乎跑着从沉睡的贝尔格拉诺之家面前经过，几分钟后就来到木板搭成的码头上了，他含着眼泪，呼吸无法辨识的植物的气息和木头及泥坑散发出的腐臭味。

天亮之前，船员们在"造船厂港"的牌子下面叫醒了他。他探明他们要往北去，而他们也毫不犹豫地收下了他作为旅费的手表，同意带他上路。他在船尾处蜷缩成一团，等待船员们完成装货工作。船准备起航时，太阳已经升起来了，人们都在喊着道别的话。拉尔森缩在大衣里，已经迷失了，他觉得冷，还很焦虑。他想象出一幅画面，阳光明媚，佩特鲁斯在和那条狗玩耍，佩特鲁斯那憔悴而高挑的女儿在向他问好。等到他能看清东西的时候，他看了看自己的双手，观察着上面的褶皱和快速跳动的血管。他努力扭动脑袋，盯着——船已经起航，倾斜着前行，歪歪扭扭地驶向河流中心——迅速化为废墟的造船厂和静静坍塌的墙壁。他低垂的耳朵听不到船只前进发出的轰鸣声，却依然能听到苔藓蔓延砖石、铁锈吞噬铁器的簌簌声。

（也许这样更好：船员们发现他时，或者说差点踩到他时，他蜷缩着身子，黑乎乎的，抵在膝盖上的脑袋依旧被那顶油腻的帽子护着，他被露水打得浑身湿透，正在说着胡话。他粗鲁地解释说自己需要逃走，挥舞手枪吓唬他们，于是他们打烂了他的嘴。后来有人觉得过意不去，于是他们又把他从泥里抬了出来。他们让他喝了口甘蔗酒，大家笑着拍打他的身子，假装想帮他把衣服拍干净，就是那身深色的工作服，因为他受尽苦头，那件衣服已经破旧不堪了，而且他过于肥胖，衣服紧绷在身上。船员一共有三个人，名字有据可查。他们在清晨寒冷的空气中走来走去、装载货物，骂骂咧咧，但很有耐心。拉尔森给他们递过去一块手表，他们觉得不错，但是没要。他们不想让他感觉受辱，于是帮他上了船，扶他坐到了船尾的小板凳上。船身随着发动机的启动而抖动起来的时候，披着船员们扔给他的干麻袋的拉尔森能够细致地想象出造船厂大楼遭受毁灭的场景，听到它坍塌倒掉、化为废墟后的嘶嘶声。但是最难以让他忍受的应该是九月份的那种不容混淆、反复无常的气息，第一丝春日气息无法抑止地从老态龙钟的冬日崩裂出的缝隙间滑过。拉尔森一边呼吸着这种气息，一边舔着嘴唇上的血，与此同时，那艘船则在逆河水而行。那一周还没结束，他就因为肺炎死在了罗萨里奥港，医院的病历里记下了他真正的全名。)

（京权）图字：01-2024-3550

图书在版编目（CIP）数据

造船厂 /（乌拉圭）胡安·卡洛斯·奥内蒂著；侯健译.
-- 北京：作家出版社，2024.10. -- ISBN 978 - 7 - 5212 - 2993 - 6

Ⅰ. I551.45

中国国家版本馆 CIP 数据核字第 2024RF4763 号

EL ASTILLERO © Juan Carlos Onetti, 1961,and Heirs of Juan Carlos Onetti
Simplified Chinese Edition Copyright:
2024 THE WRITERS PUBLISHING HOUSE CO.,LTD.
All rights reserved.

中国外国文学学会
西班牙葡萄牙语
文学研究分会
HISPANIC & PORTUGUESE
LITERARY STUDIES ASSOCIATION

新拉丁美洲文学丛书
造船厂

作　　者：（乌拉圭）胡安·卡洛斯·奥内蒂
译　　者：侯　健
责任编辑：赵　超
封面设计：吴元瑛
出版发行：作家出版社有限公司
社　　址：北京农展馆南里 10 号　　　邮　　编：100125
电话传真：86 - 10 - 65067186〔发行中心〕
　　　　　86 - 10 - 65004079〔总编室〕
E - mail: zuojia@zuojia.net.cn
http:// www.zuojiachubanshe.com
印　　刷：河北京平诚乾印刷有限公司
成品尺寸：130 × 185
字　　数：142 千
印　　张：7.375
版　　次：2024 年 10 月第 1 版
印　　次：2024 年 10 月第 1 次印刷
ISBN　978 - 7 - 5212 - 2993 - 6
定　　价：62.00 元

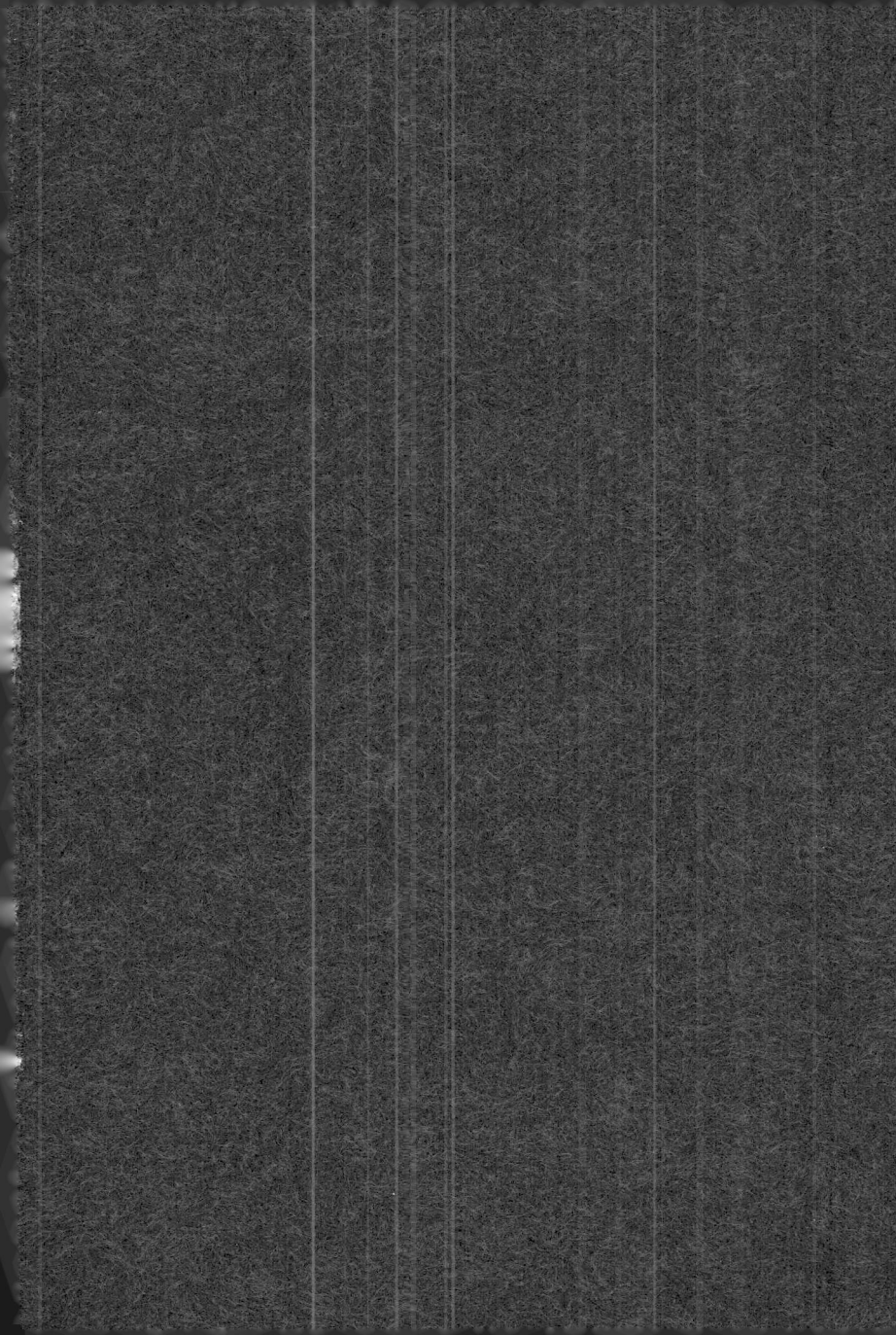